KB115305

변혁 1990

12

천지무천 장편소설

FUSION FANTASTIC STORY

변혁 1990 12권

천지무천 장편 소설

초판 1쇄 찍은 날 § 2015년 6월 29일
초판 1쇄 펴낸 날 § 2015년 7월 6일

지은이 § 천지무천
펴낸이 § 서경석

편집책임 § 박은정

펴낸곳 § 도서출판 청어람
등록번호 § 제1081-1-89호
등록일자 § 1999. 5. 31
어람번호 § 제1-2163호

주소 § 경기도 부천시 원미구 심곡2동 163-2 서경B/D 3F (우) 420-822
전화 § 032-656-4452 팩스 § 032-656-4453
http://www.chungeoram.com
E-mail § chungeorambook@daum.net

ISBN 979-11-04-90297-0 04810
ISBN 978-89-251-3388-1 (세트)

변혁 1990

1990

천지무천 장편소설

FUSION FANTASTIC STORY

12

Contents

Chapter 1

나는 사진 속의 인물을 다시 한 번 확인했다.

분명 블라디미르 푸틴이었다.

'푸틴을 CIA에서 선택했단 말인가?'

뭔가 이상했다.

나중의 일이지만 푸틴이 정권을 잡은 후부터 강한 러시아를 표방하며 미국과 대립각을 세우는 날이 많았다.

회색 추기경이라 불렸던 푸틴은 미국에 협조할 만한 성격이나 성향이 아니었다.

푸틴은 무심한 표정으로 겉으로 잘 드러나지 않지만 막

후에서 모든 결정을 한다는 데서 유래하여 회색 추기경이라 불렸다.

푸틴을 선택한 이유도 궁금했지만 지금 눈앞에 있는 사내의 정체도 궁금했다.

"제가 무엇 때문에 협조해야 하는지 모르겠습니다. 전 단지 사업하는 사람일 뿐입니다."

한국이든 미국이든 정보기관과 관계를 맺어 좋을 것이 없다.

한번 발을 들여놓으면 이들은 쉽게 나를 놓아주지 않을 것이다.

"우리도 잘 알고 있습니다. 미스터 강이 사업가라는 것을요. 하지만 좀 특별한 사업가라고 말해야 하겠지요."

그는 또다시 서류철에서 사진 하나를 꺼내 내게 내밀었다.

사진 속에는 한 인물이 RPG-7 대전차 로켓으로 장갑차를 겨냥하고 있었다.

그 사진 속 인물은 다름 아닌 나였다.

노브이 아르바트 거리에서 위기에 처한 보리스 옐친 대통령을 구했던 모습이었다.

'누가 이 사진을?'

전쟁터를 방불케 하는 장소에서 사진을 찍은 이가 있었

던 것이다.

다행인 것은 사진의 초점이 어긋나 있었고, RPG-7 대전차 로켓에 얼굴의 절반이 가려졌다.

"이걸 왜 저에게 보여주시는 겁니까?"

"이 사진 속의 인물을 잘 알고 계실 것 같아서입니다. 저는 사진의 인물이 미스터 강처럼 보이는데요."

사내는 순간 내 얼굴을 뚫어지게 바라보았다. 마치 미묘한 표정 변화라도 잡아내겠다는 것처럼.

"하하하! 저는 군대도 다녀오지 않았습니다. 우리나라 남자라면 의무복무를 하는 걸 아실 겁니다. 아직 군대도 갔다 오지 않은 사람이 사진 속의 인물처럼 총도 아닌 무기를 다룬다면 뭔가 이상하지 않습니까?"

나는 별일 아니라는 듯이 웃으면서 말했다.

'설마 다른 사진이 있는 것은 아니겠지.'

탁자에 놓인 사진 말고 다른 사진이 있다면 낭패였다.

"후후! 그럴 수 있겠네요. 저는 사진 속에 인물이 꼭 미스터 강처럼 보여서 말입니다."

다행히도 사내는 다른 사진을 내어놓지 않았다.

"다시 말씀드리지만 저는 사업가일 뿐입니다. 전 빨리 비행기를 타야 합니다. 문제가 없다면 절 보내주시지요."

"아직 대답을 듣지 못했습니다."

사내는 내가 대답하기 전까지 날 보내줄 생각이 없어 보였다.

"이런 불법적인 일을 벌이는 것에 대해서 변호사를 통해서 강력히 항의할 것입니다."

"하하하! 우리가 하는 일이 불법적인 일인 줄 아십니까? 저는 이 나라에 잠재적인 위험을 줄 수 있는 인물에 대해 조사할 권한을 가지고 있습니다."

"그럼 제가 그 위험인물이라는 말입니까?"

"그건 우리가 판단하고 결정합니다. 다시 한 번 말하겠습니다. 미국에서 원활한 사업을 하고 싶다면 우리에게 협조하는 것이 좋을 것입니다."

노골적인 협박이었다. 문제는 지금 하는 말이 농담처럼 들리지 않는다는 것이다.

더구나 루이스 정을 통해서 문제를 제기한다고 해도 이자에 대해 아는 것이 없었다.

뉴욕공항에 항의나 문제를 제기한다고 해도 나에 대해 신고가 들어와 조사를 벌였다고 하면 끝이었다. 이들은 자신들의 말을 실행에 옮길 것이 분명했다.

국가안전기획부가 그랬던 것처럼 러시아에서 미국으로의 송금을 막아버릴 수도 있었다.

한국에서만 사업을 해도 되겠지만 어느 순간부터인지 좀

은 땅덩어리를 벗어나 넓은 세계로 뻗어 나가고 싶었다.

미국은 놓칠 수 없는 시장이었다.

"당신의 이름이 무엇입니까? 비즈니스의 상식을 전혀 모르는 것 같습니다."

"하하하! 이런 제가 미처 말하지 않았었군. 제임스라고 부르시오."

큰 소리로 웃으며 말하는 제임스의 말투가 달라졌다.

"제임스 씨는 어디에 속한 분이십니까?"

솔직히 궁금했다.

"그건 규칙상 말할 수 없소이다. 이 나라와 세계의 평화를 위해 일하는 곳이라고 알고 있는 게 속이 편할 것이오."

제임스는 이야기해 주지 않았다.

'푸틴은 원래의 역사에서도 옐친과 관계를 맺는다. 이왕 이렇게 된 것, 확실한 이익을 챙겨야만 한다.'

"그럼 제가 얻는 이득은 무엇입니까? 저는 제임스 씨가 알고 있는 것처럼 장사꾼입니다."

"하하하! 물론 그에 대한 보답은 확실하게 해드릴 것이오. 그 점은 염려하지 마시오."

"이 사진 속의 인물을 어떻게 소개하란 말입니까?"

나는 푸틴에 대해 전혀 알지 못한다는 투로 말했다.

"그건 염려하지 않아도 됩니다. 옐친과 자연스럽게 만날 수 있도록 우리가 만들어줄 것이오. 그때 미스터 강이 이자를 옐친에게 자연스럽게 소개하면 되는 것이오. 이자의 이름은 블라디미르 푸틴으로 상트페테르부르크 대표자회의 의장 보좌관으로 재직하고 있소이다. 그리고 이건 우리 쪽 모스크바 연락처요. 특별한 일이 있거나 문제가 발생하면 연락하시오. 우리 쪽에서 미스터 강을 도울 것이오."

제임스가 내민 전화번호는 모스크바 국번이 적혀 있었다.

"무작정 연락을 기다리고 있으면 되는 것입니까?"

"두세 달 정도 시간이 걸릴 것이오. 이건 우리의 첫 번째 선물이오."

제임스가 내민 것은 하나의 서류철이었다. 그 속에는 한 사람에 대한 서류가 들어 있었다. 서류에 적힌 인물은 도시락에 새롭게 입사한 박호준이었다.

서류에는 박호준의 신상 내용이 자세하게 적혀 있었다. 박호준은 국가안전기획부에 속해 있는 인물이었다.

"우리가 미스터 강을 주시하게 된 이유 중의 하나였소."

제임스의 말에 나는 놀랄 수밖에 없었다.

더구나 언제부터인지는 모르지만 안기부와 제임스가 속한 기관이 나를 주시하고 있었다는 것이 기분을 묘하게 만들었다.

제임스가 속한 기관이 CIA인지 국가안보국(NSA)인지는 모르겠지만 안기부의 인물까지 감시하고 있다는 것이 놀라웠다.

"알려줘서 고맙습니다."

"별말씀을. 앞으로 좋은 관계로 이어지길 바랍니다."

제임스는 내게 악수를 청하기 위해 손을 내밀었다.

나는 그의 손을 잡을 수밖에 없었다.

공항사무실을 나서자 제임스의 말처럼 비행기는 정해진 시간에 이륙하지 않은 채 날 기다리고 있었다. 더구나 좌석은 비즈니스석에서 일등석으로 바뀌어 있었다.

'제임스가 노리는 것이 무엇일까? 푸틴과 제임스가 연계된 것인가?'

편안한 좌석에 앉게 된 나는 머릿속이 복잡해졌다.

지금 당장은 아니지만 1999년 러시아 총리로 있던 푸틴은 옐친에게 권력을 승계받는다.

러시아의 최고 권력자가 된 블라디미르 푸틴은 그 이후로 장기 집권을 하게 된다.

'미국이 푸틴을 밀어주었던 것인가? 아니면……'

내가 알지 못하는 일들이 러시아에서 벌어지고 있었다.

생각에 잠겼던 나는 어느 순간 잠이 들어버렸다. 잠에서 깨어나자 비행기는 일본 나리타공항에 착륙하고 있었다.

비행기는 이곳에서 항공유를 보충하고 중간 탑승자를 태워 모스크바로 향할 예정이다.

비행기의 문이 열리고 새로운 탑승자들이 비행기에 올랐다. 일등석에도 몇몇 사람이 비어 있던 자리에 앉았다.

새로운 탑승자는 모두 일본인이었다.

소비에트연방이 무너지고 새로운 독립국가연합(CIS)이 들어서자 일본 기업의 러시아 진출이 활발해졌다.

작년까지만 해도 구소련의 정치 경제적 위협을 우려하여 대규모 투자를 꺼려왔던 일본의 대기업들이 유전 개발과 통신, 그리고 호텔 업종에 하나둘씩 뛰어들기 시작했다.

일본의 미쓰이상사와 미국의 마라톤석유 및 맥더모트사와 공동으로 1백억 달러 규모의 사할린 석유·가스개발프로젝트를 따냈다.

전자통신업체인 고쿠사이사는 독립국가연합에 통신 케이블을 설치하고 일본과 독립국가연합을 연결하는 위성통신망을 구축하겠다는 계획을 세우고 있다.

호텔과 백화점 체인을 거느리고 있는 세이손그룹은 블라디보스토크에 위치한 54개 객실을 갖춘 호텔을 개조, 운영하려는 사업을 진행 중이었다.

이미 세이손은 모스크바의 메트로폴 호텔과 10층짜리 사무실 빌딩을 관리하고 있다.

속속들이 일본의 대기업들이 러시아로 발걸음을 옮기며 국내의 기업들과 경쟁을 벌이게 되었다.

옆쪽에 자리에 앉은 두 일본인의 이야기가 들려왔다. 그들은 모스크바의 낡은 건물을 사들여 호텔로 개조하려는 것 같았다.

"우리나라도 좀 더 발 빠르게 움직이며 좋을 텐데."

다음 달에 공식적으로 계약이 체결되는 사할린 석유·가스 개발은 국내의 한 대기업에서도 추진했지만 일본 정부의 적극적인 지원을 받은 미쓰이상사에 밀리고 말았다.

일본의 통산성은 일본수출입은행을 통해서 러시아에 진출하는 일본 기업들이 진행하는 프로젝트를 배후에서 든든히 지원하고 있었다.

2시간 정도 나리타공항에 머문 비행기는 다시금 이륙하여 모스크바로 향했다.

*　　　*　　　*

8시간을 비행한 후 모스크바에 도착한 시간은 오후 5시였다.

김만철과 일린이 나를 마중 나왔다.

"긴 비행으로 피곤하지 않으십니까?"

김만철도 LA에서 일본을 거쳐 모스크바로 들어왔다.

나는 뉴욕에서 대서양을 건너 모스크바로 향해야 했지만 대서양에서 발생한 폭풍으로 두 배의 시간이 더 걸리는 태평양 쪽으로 돌아왔다.

"조금 피곤하긴 하네요. 블리노브치 씨는 어떻게 되었습니까?

아무리 좌석이 편하다는 일등석이었지만 하루를 꼬박 비행기에서 보냈기 때문에 피곤함이 몰려왔다.

"가면서 말씀드리겠습니다."

김만철은 내 가방을 받아 들면서 말했다.

일린이 운전하는 차에서 오르자 김만철이 입을 열었다.

"블리노브치 씨는 무사히 수술을 마쳤습니다만 깨어나지 않고 있습니다. 이대로 영영 깨어나지 않을 확률이 50%라고 합니다."

블리노브치는 복부와 어깨에 총알을 맞은 상태였다. 더구나 병원으로 옮기는 과정에서 피를 너무 많이 흘렸다.

"누가 그런 것입니까?"

"블리노브치 씨와 경쟁 관계였던 샬린스키가 오스탄키노와 합세하여 저지른 것으로 보고 있습니다. 블리노브치의 세력이 모스크바에 본격적으로 진출한 것이 원인인 것 같습니다."

샬린스키와 오스탄키노는 체첸마피아였다.

현재 모스크바지역에서 활동하는 체첸마피아는 대략 1천 5백 명에서 2천 명 사이로 추산되고 있었다.

이들은 샬린스키와 오스탄키노, 그리고 샤토이를 포함해 3개 조직으로 구성되어 있다.

이들은 러시아연방 북코카서스 출신의 이슬람계 민족으로 제정러시아와 스탈린 정권 때 박해를 받아 러시아 민족과 모스크바 정부에 상당한 반감을 지니고 있다.

체첸마피아는 80년대부터 모스크바에 들어왔으며 처음에는 다른 범죄 조직 밑에서 활동하다가 얼마간의 기술을 습득한 후, 그들 특유의 결속력과 용맹성, 그리고 러시아에 대한 반감 등을 바탕으로 자체 조직을 만들어 무시할 수 없는 세력으로 등장했다.

이들은 카페 · 레스토랑 및 상점의 상납금, 외국인 대상의 매춘 조직 운영, 마약 판매 등을 주 수입원으로 삼고 있다.

이들이 러시아에서 출신지인 체첸자치공화국에 갖다 놓은 금의 양이 자치공화국이 보유한 금에 이른다는 이야기까지 나오고 있었다.

체첸자치공화국 입장에서는 이들이 주요 자금원이 되고 있는 셈이다.

"잘못하면 마피아 간의 전쟁이 일어나겠네요?"

"그렇지 않아도 모스크바 최대 조직인 카잔스카야와 몇 개가 조직이 합세해서 보복을 벌이려고 준비 중입니다.

카잔스카야는 러시아마피아 조직이었다.

체첸마피아와는 몇 년 전부터 모스크바 내 이권을 놓고 충돌 중이었다.

카잔스카야는 체첸마피아의 세력을 약화하려는 계획으로 블리노브치를 모스크바로 끌어들였다.

"금괴 정련은 모두 마쳤습니까?"

"오늘 중으로 모두 끝마칠 예정입니다."

"후! 금괴가 잘 처리되어야 미국의 일이 정리될 수 있을 텐데."

블리노브치가 건재해야만 일이 계획대로 진행될 수 있었다.

차가 막 모스크바 시내로 들어설 때였다.

타타타탕!

어디선가 날아온 총알들이 승용차의 전면 유리를 강타했다.

Chapter 2

　퍼퍼퍽!

　유리창은 순식간에 총알에 의해 금이 갔다. 그러나 날아
든 총알은 방탄유리를 뚫지 못했다.

　혹시나 몰라 벤츠의 유리를 방탄유리로 교체했었다.

　운전하던 일린이 급격히 핸들을 꺾어 오른쪽에 위치한
건물 주차장으로 들어갔다.

　승용차 유리는 방탄이었지만 나머지 부분은 아니었다.

　만약 건물 위에서 승용차의 지붕을 노리고 공격한다면
그대로 당할 수 있었다.

주차장에 들어서자마자 나를 비롯한 두 사람은 용수철처럼 차 밖으로 튕겨져 나갔다.

그리고는 두 사람은 트렁크에서 AK-74 소총과 수류탄 두 발을 꺼내 들었다.

AK-74는 소련에서 1974년도에 개발된 칼라시니코프 돌격소총으로 러시아군의 주력 소총이었다.

항상 호신용으로 차에 소총을 갖고 다녔다.

모스크바뿐만 아니라 러시아 전역의 치안 상태가 좋지 않았기 때문이다.

타탕! 타타탕!

다시금 우리를 향해 총알이 날아들었다.

주차장 입구 쪽에서 불꽃이 피었다. 아직까지 공격을 가하는 인원이 몇 명인지 알 수 없었다.

"밖에 저격병이 있을 수 있으니 건물 위로 올라가는 게 좋겠습니다."

김만철의 말에 주차장에서 건물 입구로 달려갔다. 그러나 출입구가 잠겨 있었다.

타타탕!

쾅!

잠긴 잠금 장치를 향해 일린이 소총을 쏜 후에 문을 발로 차버렸다.

잠긴 문은 일린의 발차기에 버티지 못하고 열렸다.

그와 동시에 주차장 입구로 십여 명의 인원이 달려오는 것이 보였다.

저들이 누구인지는 모르지만 블리노브치와 관계된 것이 아닌가 하는 생각이 들었다.

모스크바는 지금 블리노브치의 습격으로 인해 마피아 간의 전쟁이 벌어진 상태였다.

나를 비롯한 김만철과 일린이 가지고 있는 무기는 AK−74 소총 두 자루와 일린이 내게 건네준 권총이 전부였다.

김만철은 특별한 일이 아닌 상황에서는 무기를 가지고 다니지 않았다.

문제는 상대해야 할 인원이 너무 많다는 것이다.

퍼퍼퍽!

문을 닫는 순간 총알이 날아들었다.

일린은 항상 주머니에 가지고 다니는 낚싯줄을 풀러 수류탄의 안전핀을 문의 손잡이에 연결했다.

그리고는 수류탄을 조심스럽게 위층으로 올라가는 수도 파이프에 고정했다.

시간을 벌기 위해 위해 재빨리 부비트랩을 만든 것이다.

일린은 잘 끊어지지 않고 질긴 낚싯줄을 무기로 사용했다.

우리가 지하층에서 건물의 1층으로 막 올라설 무렵이었다.

쾅!

"아악! 으흑!"

요란한 폭발음과 함께 여러 명의 비명 소리가 들려왔다.

늦은 저녁 시간 때라서인지 건물은 비어 있었고 정문도 굳게 잠겨 있었다.

바깥쪽을 살피자 도로 주변에도 네다섯 명의 인물이 소총을 쥐고는 건물을 포위하기 위해 움직였다.

우리가 들어온 건물은 5층짜리 건물이었다.

"경찰에 신고부터 해야겠습니다."

"여기가 정확하게 어딘지 모르기 때문에 우릴 찾으려면 한참 걸릴 것입니다. 더구나 쿠데타 이후에 아직 경찰의 공권력이 이전처럼 회복되지 않아서 우리가 원하는 시간에 올 수 없습니다."

일린은 현재 모스크바의 상황을 말해주었다.

그의 말처럼 모스크바의 강력범죄율이 작년 이맘때보다 두 배나 높아졌다.

쿠데타 이후 모스크바의 마피아들은 마치 자신들의 세상을 만난 것처럼 대범하게 움직였다.

더구나 KGB(국가보안위원회) 개편과 해체 작업으로 인해

KGB에 소속되어 있던 인물들과 휘하 군부대에서 나온 인원들이 대거 마피아에 흡수되거나 정부인사와 결탁하여 자체적으로 마피아 조직을 결성하기도 했다.

"한두 시간 내로 오기는 글렀습니다. 우리끼리 해결하거나 도시락 경비대에 연락하는 게 나을 것입니다."

김만철도 일린의 말에 동조했다.

"그럼 우선 전화를 찾아 지원을 요청해야 합니다. 우리를 공격한 인원이 얼마나 될지 모르니까요."

지하주차장과 건물 바깥쪽에서 움직이는 인원을 보았을 때 적어도 스무 명에 가까워 보였다.

누군가 무슨 목적으로 우릴 습격했는지 알 수 없었다.

'금괴를 노린 걸까?'

만약 금괴를 노리는 거라면 우리가 아니라 세레브로 제련공장을 공격해야만 했다.

현재 금괴와 연관된 일을 알고 있는 사람은 김만철과 도시락 경비대를 맡고 있는 일린뿐이었다.

두 사람 외에는 금괴에 관한 일을 알지 못했다.

세레브로 제련공장으로 옮겨진 금괴들도 모두 알루미늄괴로 위장돼 옮겨졌다.

더구나 세레브로 제련공장은 이전부터 금을 정련하는 작업을 해왔기 때문에 일하는 작업자들은 금괴 정련 작업을 외부에서 의탁한 일로 알고 있었다.

또한 공장장과 믿을 수 있는 인물 서너 명이 작업을 진행했다.

누군가가 금괴를 노리기 위해서 습격을 한 것인지 아니면 무엇 때문인지 정확하게 알 길이 없었다.

2층으로 올라갈 때 일린은 남은 한 개의 수류탄을 1층 계단 밑으로 던졌다.

쾅!

또다시 폭발음이 들린 후에 신음성과 고함이 들려왔다. 지하에서 올라오던 인원들이 다시 한 번 당한 것이다.

이젠 선불리 위로 올라오지 않을 것이다.

그러는 동안 전화기를 찾아 도움을 청해야 했다.

우리는 곧장 3층으로 올라와 눈에 띄는 책상과 철제 캐비닛 등의 집기들로 계단 입구를 막았다.

그때였다.

쿵!

무언가 정문을 향해 돌진하는 소리와 함께 건물이 일시적으로 흔들렸다.

아마도 건물 정문을 차량으로 파괴한 것 같았다. 그리고는 건물 내에 불이 들어왔다.

3층 사무실에 있는 전화기를 찾아 수화기를 들었지만 신호음이 들려오지 않았다.

이미 전화선을 절단한 것이다.

5분 정도 시간이 지난 후, 조심스럽게 움직이는 발걸음 소리가 아래층에서 들려왔다.

적어도 십여 명이 움직이는 소리였다.

그들은 우리들에게 더 이상 수류탄이 없다는 것을 확인한 후에 움직인 것 같았다.

3층 계단에 모습을 드러낼 때까지 반격이 없자 습격자들은 총을 쏘며 위층으로 난입했다.

타타타탕!

일린은 그때를 맞추어 3층에 연결된 주 전선을 끊어버렸다.

그 순간 3층이 어둠 속에 잠겼다.

일순간 어둠으로 시야가 막힌 습격자들을 기다리고 있는 것은 주변에서 끌어다 놓은 책상과 철제 캐비닛이었다.

나와 김만철은 바리케이드로 삼은 철제 캐비닛과 책상을 계단 아래로 밀어버렸다.

우당탕탕!

계단 밑에서 올라오던 인물들이 굴러떨어지는 철제 캐비닛과 집기들에 엉키는 사이 어둠에 익숙해진 일린이 정확히 적들을 향해 사격을 가했다.

타타타! 타탕!

"으윽!"

"컥!"

그러자 떨어지는 책상과 철제 캐비닛을 피하려고 앞으로 나오던 인물 둘이 총알 세례를 받고 쓰러졌다.

3층 계단을 올라오던 습격자들은 책상과 집기들로 막힌 어두운 계단에서 아래층으로 다시 내려가면서 총을 난사했다.

타타타탕!

그러는 사이 우리는 다시 4층으로 올라섰다.

그때 창밖으로 서너 명의 인물이 건물 안으로 들어서는 것이 보였다.

누군지 모르지만 철저하게 준비한 것 같았다.

쥐를 몰 듯이 그들은 천천히 우리를 위로 향하게 했다.

"이런 식으로는 얼마 버티지 못할 것 같은데."

김만철의 말처럼 피할 곳이 없었다.

숨을 곳이 많지 않은 좁은 건물은 두 사람의 활동 범위를 좁혀 버렸다.

하지만 습격자들도 오랜 시간을 끌 수 없었다.

늦은 시간이었지만 도로에는 차들이 지나가고 있었고 총소리도 분명 들었을 것이다.

다행인 점은 건물 위로 올라올 수 있는 곳이 계단뿐이라는 것이다.

더구나 계단이 넓지 않아 한꺼번에 많은 인원이 올라올 수 없었다.

공격하는 입장에서나 수비하는 입장에서 둘 다 난감한 장소였다.

4층으로 올라와서도 3층에서 했던 것처럼 동일하게 계단 입구에 바리케이드를 쳤다.

나는 창밖으로 동정을 살폈다.

그때였다.

바깥에서 습격자들을 지휘하고 있는 것으로 보이는 한 인물을 도로를 지나가는 차량의 헤드라이트가 비치고 지나갔다.

그 순간 인물의 얼굴을 확인할 수 있었다.

라이트에 비친 인물은 동양인이었다.

그는 이마에서부터 턱 쪽으로 긴 상처가 대각선으로 나 있었다.

다부진 얼굴은 어디서 본 듯했다.

순간 누구인지 바로 생각이 나지 않을 때 또 한 대의 차량이 도로를 스치고 지나갔다.

그때 확실히 생각이 났다.

"안동식!"

그는 분명 소녀를 납치했었던 북한의 체포조장 안동식이었다.

블라디보스토크 선착장에 위치한 창고에서 그는 총상을 입고 사라졌었다.

놀랍게도 안동식이 지금 모스크바에 다시 나타난 것이다.

내 목소리에 김만철이 나를 쳐다보았다.

"방금 뭐라고 하셨습니까?"

"안동식을 본 것 같습니다."

안동식으로 보였던 동양인은 이미 시야에서 사라진 상태였다.

"설마요? 놈이 이곳에 왜?"

김만철의 눈빛이 흔들리는 것이 보였다. 분명 창고에서 그의 시체를 확인하지 못했다.

블리노브치의 부하들로 둘러싸인 곳에서 총상을 입은 몸으로 탈출한 인물이었다. 안동식은 김만철처럼 고도의 특수 훈련을 받은 살인 병기였다.

"정확하게 본 것은 아니었지만 분명 안동식이었습니다."

나에게 죽음의 공포를 안겨준 안동식의 얼굴을 꿈에서도 잊은 적이 없었다.

안동식이 벤츠에 나와 김만철이 타고 있다는 것을 알고서 습격을 가한 것인지는 분명하지 않았다.

하지만 안동식이 나와 김만철이 이곳에 있다는 것을 안다면 그는 절대 물러나지 않을 것이다.

"놈이 확실하다면 심각한 상황이군요."

내 표정을 읽은 김만철의 인상이 절로 구겨졌다. 안동식이 이곳에 있는 것과 없는 것은 천지 차이였다.

그는 일반적인 마피아가 아니었다.

안동식과의 악연은 어떻게든 끊어야 하는 김만철이었지만 지금 상황은 너무 불리했다.

세 차례나 당해서인지 무작정 4층으로 올라오는 인원은 없었다.

그러나 습격자들은 물러설 기미를 보이지 않았다.

그때였다.

타타타탕! 드르르륵!

쨍그랑!

총소리와 함께 4층의 유리창이 깨져 나갔다.

이제는 건물 밖에서 대놓고 총을 쏘기 시작했다.

고개를 들 수 없는 상황에서 아래쪽에서 무언가가 연달아 날아들었다.

수류탄으로 생각한 나는 몸을 옆으로 날렸다.

하지만 폭발은 일어나지 않고 매캐한 연기가 자욱하게 피어올랐다.

다행히도 수류탄이 아닌 연막탄이었다.

순식간에 좁은 공간에 자욱하게 퍼진 연기로 인해 시야가 가려졌다.

그에 맞추어 4층으로 올라오는 소리가 들렸다.

나 혼자 5층으로 향했고 두 사람은 오히려 연막탄을 이용하여 연기 속으로 몸을 숨겼다.

오히려 습격자들이 자충수를 둔 것이다.

5층은 어둠에 잠겨 있었고 아무것도 없는 빈 곳이었다.

나는 곧장 옥상으로 향했다.

그때였다.

낡은 문이 열리는 소리와 함께 누군가 내려오는 소리가 들렸다.

분명 잠긴 건물 내에는 사람이 없었다.

'누군가 옥상으로 침입했다는 것인데.'

내려오는 발걸음 소리가 잘 들리지 않을 정도로 조심스럽게 움직이고 있었다.

문제는 5층에는 숨을 장소나 피할 공간이 전혀 없다는 것이다. 사무실로 사용하기 위한 벽이나 칸막이도 되어 있지 않았다.

더구나 이대로 내려오는 인물이 밑층으로 내려간다면 김만철과 일린이 위험할 수 있었다.

나는 곧바로 계단 옆 벽으로 바짝 붙었다. 그리고 일린에게서 받은 권총을 허리춤에서 꺼내려고 했다.

한데 권총이 없었다.

'어디 갔지? 혹시······.'

아마도 연탄만을 피할 때 몸에서 떨어져 나간 것 같았다.

낭패였다. 다시 밑으로 내려가 바닥에 떨어진 권총을 집어 올 수도 없었다.

다행인 것은 5층 창문이 판자로 가려져 있어 어둠이 내 모습을 완전히 가려준다는 점이다.

위에서 내려오는 인물은 날 볼 수 없었다. 하지만 난 열린 옥상 문을 통해 쏟아져 들어오는 달빛으로 상대의 움직임을 확인할 수 있었다.

달빛에 비친 그림자가 내 앞으로 길게 이어지며 움직였다.

내려오는 인원은 단 한 명이었다.

맨손으로 총을 가진 인물에게 대항한다는 것은 무척이나 위험했다.

호흡을 가다듬으며 최대한 침착하게 내려오는 인물을 기

다렸다.

'기회는 단 한 번뿐이다.'

실수하는 순간 끝이었다.

내려오고 있는 인물은 손에는 권총이 들려 있었고 권총에는 소음기로 보이는 물체가 장착되어 있었다.

권총을 든 손이 앞으로 나오는 순간, 권총을 잡은 손을 발로 차는 동시에 몸을 회전시켜 사내의 얼굴을 향해 회전축을 날렸다.

전광석화 같은 동작이었다.

정확하게 발에는 두 번의 감촉이 있었다.

탁!

소음기가 달린 권총은 계단 옆으로 떨어졌다. 하지만 옥상에서 내려온 인물을 쓰러뜨리기 위해 날린 발차기는 성공하지 못했다.

검정 계열의 옷을 입고 있는 사내의 오른손이 얼굴로 향한 발을 막았다.

기습적인 공격을 이렇게나 쉽게 막아냈다는 것이 놀라웠다.

검은 옷을 입은 사내는 가만있지 않았다. 나를 향해 곧장 주먹을 날렸다.

매서운 공격에 나는 재빨리 뒤로 물러난 후 자세를 바로 잡았다.

그리고 옥상에서 내려온 사내를 정확히 확인했다.

그는 다름 아닌 블라디보스토크 선착장 창고에서 사라졌던 안동식이었다.

안동식은 여유롭게 계단을 내려오며 날 바라보았다.

"우리 어디서 본 적이 있지 않나?"

어둠 때문인지 안동식은 날 바로 알아보지 못했다.

"별로 안 좋은 만남이었지."

내 말에 안동식의 진한 눈썹이 꿈틀댔다.

"하하하! 이런 인연이 있다니. 아니지, 악연이라고 해야 하나?"

크게 웃음을 토해내는 순간 그의 얼굴에 난 상처가 꿈틀대며 마치 애벌레가 기어가는 것 같았다.

"우릴 공격한 이유가 뭐지?"

"후후! 글쎄, 내가 그걸 말해줘야 하나? 오늘 넌 나에게 죽는다. 김만철도 이곳에 있나?"

"내가 죽고 사는 것은 너에게 달린 것이 아니야. 나 또한 너의 말에 답할 이유가 없다."

"네놈의 말도 일리가 있군. 예나 지금이나 날 화나게 하는 데는 소질이 뛰어난 놈이야."

안동식은 거리를 좁혀왔다.

바로 공격하지 않은 이유는 어둠에 눈이 익숙해지길 기다리는 것이다.

그는 실력뿐만 아니라 머리도 영리했다.

나를 바라보는 안동식의 눈빛은 어둠에서도 빛을 발하는 맹수의 눈빛이었다.

마치 사냥에 성공한 표범이 잡아놓은 먹잇감의 숨통을 어떻게 끊어놓을까 하는 눈빛이었다.

안동식의 몸에서 서늘하고 싸한 기운이 뿜어져 나왔다.

맹수는 자신이 뿜어낸 기운만으로도 먹잇감으로 삼은 동물의 움직임을 제약할 수 있다.

추운 겨울이었지만 머리에서 발끝까지 온몸이 서늘했다.

안동식의 맹수 같은 눈빛 때문일까? 손발이 평소와 달리 무겁게 느껴졌다.

'그동안 무슨 일을 겪었는지 모르지만 더 강해졌다.'

빈틈이 보이지 않았다.

아니, 빈틈투성이라고 말할 수도 있었다. 한데 그 빈틈이 커다란 함정처럼 느껴져 섣불리 움직일 수 없었다.

"이대로 물러난다면 지난 일은 잊어버리겠다."

"네 말대로 곧 해줄 거야. 너의 모가지와 김만철의 멱을 따면."

그 순간 안동식이 움직였다.

검은 옷을 입고 있어서인지 어둠에 묻혀 그 움직임이 잘 보이지가 않았다.

얼굴에 압력이 느껴지는 순간 고개를 옆으로 돌렸지만 충격이 전해졌다.

내가 생각했던 것보다 안동식의 움직임이 더 빨랐다.

공격은 한 번으로 끝나지 않았다.

다시금 매서운 바람과 함께 얼굴로 강력한 발차기가 날아왔다.

주르륵!

손을 들어 발차기를 막았지만 몸이 왼쪽으로 밀려났다.

더구나 발차기를 막은 팔목에 전해지는 찌릿한 충격이 상당했다.

'다르다.'

안동식과 김만철이 싸우는 모습을 블라디보스토크에서 보았다.

그때와 완전히 달라진 모습이었다.

중심을 잡으려고 할 찰나 다시금 바람을 가르는 소리가 들려왔다.

몸을 수그리는 순간 머리 위로 안동식의 발이 스쳐 지나갔다.

쾅!

그리고 큰 소리와 함께 건물 천장에서 먼지가 떨어졌다.

안동식의 발이 건물을 받치는 기둥을 때린 것이다.

큰 체격이 아닌데도 안동식의 발차기는 위력적이었다.

"쥐새끼처럼 잘도 피하는구나."

안동식은 날 사냥하듯이 몰아붙였다.

어두운 공간에서의 싸움이 익숙지가 않았다. 더구나 안동식의 복장 때문에 그의 움직임을 잘 살필 수가 없었다.

'눈이 따라가지 못하는구나.'

사람은 시각적인 동물이라는 말이 맞았다.

좁은 나무 사이를 헤치고 지나가는 훈련을 하지 않았다면 빠르고 강력한 안동식의 공격을 피하지 못했을 것이다.

나는 뒤로 더 물러나며 안동식과 거리를 두었다.

안동식은 서두르지 않았다.

지금 내가 이곳을 벗어날 수 없다는 것을 잘 알고 있었다.

'방법을 찾아야 한다.'

내 실력으로는 안동식을 쓰러뜨릴 수 없었다.

안동식은 가지고 있는 실력뿐만 아니라 실전 경험이 나보다 훨씬 풍부했다.

더구나 그가 겪은 실전 경험들은 목숨을 내어놓고 벌인

경험이 대다수일 것이다.

목적을 위해서 물불을 안 가리는 그의 성격 때문이기도 했다.

'차라리 옥상으로 올라가는 게 좋을지도 모른다.'

문제는 안동식을 지나야만 옥상으로 갈 수 있다는 것이다.

그때였다.

타타타탕! 탕탕!

요란한 총소리가 아래층과 건물 밖에서도 들려왔다.

'이때다.'

들려온 총소리에 안동식이 고개를 살짝 뒤로 움직일 때 나는 그에게 몸을 날렸다.

하나 쭉 뻗은 발은 안동식이 아닌 빈 허공을 찼다.

안동식은 번개처럼 왼편으로 몸을 회전하며 바닥에 착지하는 나의 왼발을 강하게 걸어찼다.

'헉!'

순간 중심이 무너지며 허공에 몸이 떴다. 그리고 그대로 바닥에 떨어졌다.

쿵!

등 쪽에 심한 충격이 전해졌다.

"큭!"

나도 모르게 신음성이 터져 나왔다.

그것이 끝이 아니었다.

안동식은 발을 높이 든 상태에서 그대로 얼굴을 향해서 내려찍었다.

피할 틈도 없었다.

순간 본능적으로 양손을 십자로 모아 얼굴을 감쌌다.

퍽!

손등을 타고 충격이 얼굴까지 전해졌다. 마치 카운터편 치를 턱에 정확하게 맞은 것 같은 고통과 충격이었다.

간신히 고통을 참으며 몸을 옆으로 굴렸다.

몸을 일으키려고 했지만 마음처럼 쉽게 움직이지 않았다.

안동식은 지금의 상황을 즐기는 것 같았다.

주변에서 들려오는 총소리에 전혀 상관하지 않는 모습이었다.

바닥에 손을 짚고서 간신히 일어났지만 다리에 힘이 들어가지 않았다.

"후후! 꼴이 말이 아니구먼. 이제 슬슬 이 판도 정리해야겠군."

만족스러운 표정의 안동식은 허리춤에 차고 있던 군용대검을 꺼냈다.

무척이나 날카롭고 모양이 특이한 대검이었다.

칼날의 뒷부분이 톱니 모양으로 되어 있어서 뱃속을 파고들면 내장을 모두 찢겨 버릴 것만 같았다.

'너무 섣불리 움직였어.'

안동식처럼 경험 많고 실력이 뛰어난 인물에게 너무 안일한 공격을 한 것이다.

지금까지 경험했던 인물들보다 안동식이 더 강할지 모른다는 생각이 들었다.

흑천의 인물이었던 도운은 안동식보다 무공이 강할지 몰라도 실전 경험이 풍부하지 않았다.

도운은 나의 도발에도 쉽게 넘어왔었고 허점을 보였었다. 하지만 안동식은 그러한 모습이 전혀 없었다.

마치 내가 어떻게 움직일지 알고 있다는 듯이 행동했다.

도운이 잘 조련된 투견이라면 안동식은 야생에서 살아가는 맹수였다.

이전보다도 더욱 사나워진 맹수.

'방법이 보이지 않는다.'

주변에 무기로 삼을 만한 나무토막 하나 보이지 않았다.

맨손으론 힘에 부치는 상황에서 대검까지 손에 든 안동식을 상대할 수는 없었다.

지금까지 위기를 벗어날 수 있었던 것은 상대방의 방심과 지형지물을 잘 이용해서였다.

하지만 지금 이곳은 그럴 만한 것들이 전혀 보이지 않았다.

"이놈이 내 손에 쥐어진 후부터 적지 않은 피를 손에 묻혔지. 이제 네놈이 열한 번째 제물이 되겠군."

안동식은 대검을 손에 쥔 채 섬뜩한 말을 던졌다. 그를 블라디보스토크에서 만났을 때에는 지금 손에 쥔 대검이 없었다.

그가 걸어오자 나는 뒤로 물러날 수밖에 없었다. 그러나 어느새 더는 물러날 수 없는 벽에 맞닥뜨렸다.

'이대로는 힘들다.'

돌파구가 보이지 않았다.

솔직한 심정으로 김만철과 일린이 당장 이곳으로 달려와 주었으면 바람이었다.

또다시 안동식에게 목숨을 위협받고 있었다.

"이제 고만 가라우"

안동식이 대검을 들고서 나에게 향할 때였다.

타타타탕탕!

요란한 총소리와 함께 5층 창문으로 총알이 날아들었다.

쨍그랑!

퍼퍼퍽! 티팅!

"흑!"

유리창이 깨지면서 날아든 총알이 천장에 부닥쳤다.

그중 한 총알이 철제 빔에 맞으며 튕기다가 공교롭게도 안동식의 오른쪽 어깨를 스치고 지나갔다.

그 순간 나의 얼굴을 향해 정확하게 뻗어오던 오른손이 흔들렸다.

나는 그 순간을 놓치지 않았다.

고수와의 싸움은 한순간에 모든 것이 결정된다.

나 또한 앞으로 고개를 숙인 채 안동식의 턱을 노리며 주먹을 뻗었다.

안동식의 대검이 노렸던 곳은 관자놀이였다.

하지만 오른손이 흔들리며 그보다 높게 대검이 스쳐 지나갔다.

몇 가닥의 머리카락이 날리는 순간 주먹이 정확하게 안동식의 턱에 명중했다.

하지만 힘이 부족해서인지 안동식은 한쪽 무릎만 꿇었을 뿐이었다.

나는 그대로 앞구르기를 하며 안동식과 멀어졌다.

난 이미 그의 공격으로 꽤 충격을 받은 상태였다. 지금은 안동식과 대결할 때가 아니라 피할 때였다.

그의 상태를 확인하지 않고서 곧장 계단이 있는 곳으로 향했다.

아래로 내려가는 계단 입구에 안동식이 떨어뜨린 권총이 보였다.

나는 권총을 집은 후에 곧장 4층으로 내려갔다.

지금도 격렬한 총성이 들려오고 있어 김만철과 일린이 걱정스러웠다.

4층 계단 입구 쪽에서 러시아인 세 명이 벽에 붙어 총을 쏘고 있었다.

그 주변으로는 네 명의 사람이 쓰러져 있었다.

그들은 내가 위층에서 내려온 것을 알아채지 못했다.

자신들이 총격전을 벌이고 있는 앞쪽만 신경을 쓰고 있었다.

픽! 픽!픽!

정확하게 나는 그들을 향해 방아쇠를 주저하지 않고 당겼다.

소음기가 달린 권총에서 나가는 총소리는 상대방이 알아챌 수 없을 정도로 미미했다.

기습을 당한 세 명의 마피아는 그대로 바닥에 쓰러졌다.

주변에 다른 마피아들이 없는 것을 확인하고는 앞쪽으로 소리쳤다.

"접니다! 모두 무사하십니까?"

"무사합니다. 아주 절묘할 때 나타나셨습니다."

김만철의 활기찬 목소리가 들렸다.

"역시 보스를 믿고 따를 만합니다."

일린의 목소리까지 들려왔다.

나는 3층과 5층 계단을 번갈아 확인했다.

아직 마피아들이 남아 있을 수 있었고, 5층은 안동식이 있었다.

김만철과 일린이 내 쪽으로 걸어와 바닥에 놓인 총을 주었다.

두 사람 다 총알이 바닥났을 때에 내가 나타난 것이다.

만약 내가 안동식에게 당했다면 두 사람도 이곳이 무덤이 될 뻔했다.

"위층에서 안동식을 만났습니다."

내 말에 김만철의 눈이 커졌다.

김만철은 사실 내가 도로에서 안동식을 보았다는 말을 반신반의(半信半疑)했었다.

"놈은 어떻게 됐습니까?"

"모르겠습니다. 한데 이전과는 완전히 달라진 모습이었습니다. 운이 좋지 않았다면 제가 이렇게 서 있을 수도 없을 뻔했습니다."

"놈과의 악연을 끝내야만 합니다. 일린과 이곳을 맡고 계십시오."

김만철은 곧장 안동식이 있는 5층으로 향했다.

5분 정도 시간이 흐르는 동안 더 이상 마피아들이 올라오지 않았다.

이곳 4층에서만 열 명의 마피아가 쓰러져 있었다.

3층과 지하에서 당한 마피아들의 숫자를 따진다면 우리를 공격한 대다수의 마피아가 죽거나 부상을 당한 상태였다.

5층에 올라갔던 김만철이 내려왔다.

"5층과 옥상에는 아무도 없었습니다. 이미 이곳을 떠난 것 같습니다."

안동식은 신출귀몰한 인물이었다.

우리는 조심스럽게 아래층으로 내려갔다. 이미 건물 외부에서도 다른 마피아들이 보이지 않았다.

그때 건물 밖에서 요란한 사이렌 소리가 들려오기 시작했다.

이제야 경찰이 출동한 것 같았다.

1층으로 내려와 우리는 경찰을 맞이했다. 그런데 경찰들은 우리를 향해 총구를 겨누었다.

"모두 연행해!"

그리고 경찰 책임자로 보이는 인물이 다짜고짜 명령을

내렸다.

"우리를 왜 체포하는 것입니까?"

나의 항의를 무시한 채 그들은 우리를 강제로 연행하고 있었다.

반항을 하면 겨누고 있는 총을 곧바로 쏠 태세였다.

"일단 경찰서로 가는 게 좋을 것 같습니다. 우리를 마피아로 보는 것 같습니다."

김만철의 말처럼 건물과 그 주변은 전쟁터를 방불케 할 정도로 난장판이 되어 있었다.

우리는 1시간 거리에 있는 경찰서로 연행되었다.

경찰서에 도착하자마자 경찰들은 범죄자를 다루듯이 강압적으로 우리를 대했다.

한국 여권을 보여주어도 마찬가지였다.

건물 내에서 죽은 인물이 열 명이 넘어섰기 때문이었다. 그들 대다수가 체첸인이었다.

다시 말해 우리를 습격한 마피아는 체첸마피아였다.

그러나 경찰들은 한 시간 뒤 태도가 180도로 바뀌었다.

어떻게 소식을 들었는지 옐친의 비서실장인 세르게이 필라토프가 사람을 보내왔다.

그 순간 내가 가진 위상과 힘이 보통이 아님을 알게 되었다.

현장에 출동했던 책임자는 낯빛이 변했고 경찰서장은 그를 향해 고래고래 소리치며 질책했다. 그리고는 나에게 고개를 숙여 진심으로 사과했다.

이것이 러시아의 현주소였다.

적법적인 절차보다는 권력과 힘이 앞서는 곳이 되어버렸다. 거기에 자본주의 꽃인 돈이 더해져 러시아는 험난한 길을 가고 있었다.

나는 김만철과 함께 세르게이가 있는 곳으로 향했다.

그가 나를 조용히 만나길 원했다.

Chapter 3

　나는 대통령 비서실장인 세르게이가 보낸 관용차를 타고
그가 머물고 있는 곳으로 향했다.

　긴 비행을 끝마치고 러시아에 도착하자마자 체첸마피아
의 공격을 받아 몸과 마음이 피곤한 상태였다.

　세르게이가 긴밀히 할 이야기가 있다는 전언만 없었다면
그냥 쉬고 싶었다.

　더구나 경찰서에서 그의 도움을 받은 상태라 거절할 수
있는 처지도 아니었다.

　승용차는 고풍스러운 집들이 모여 있는 곳에 들어섰다.

그중에서 붉은 벽돌로 멋지게 지어놓은 고택 앞에서 멈춰 섰다.

차가 멈추자 젊은 남자가 차 문을 열고서는 우리를 고택 안으로 안내했다.

김만철은 거실에서 기다리기로 했다.

나는 세르게이가 기다리고 있는 방으로 안내되었다.

그곳은 사방이 책으로 둘러싸여 있는 곳이었다.

얼추 보아도 만여 권이 넘는 고서와 책이 책장에 빼곡히 꽂혀 있었다.

그곳에서 세르게이가 벽돌로 된 난로에 장작을 집어넣고 있었다.

내가 걸어 들어오는 기척에 세르게이가 자리에서 일어나 날 돌아보았다.

"어서 오십시오. 큰 곤욕을 치르셨다고 들었습니다. 몸은 어떠십니까?"

세르게이는 나를 진심으로 염려하는 눈치였다.

"걱정해 주신 덕분에 몸은 괜찮습니다. 한데 마피아가 저희를 왜 공격했는지 모르겠습니다."

"그에 관해서 특별지시를 내렸습니다. 요즘 들어 외국인 사업가들을 노리는 범죄가 부쩍 늘고 있습니다."

세르게이의 말처럼 이번 달에 모스크바에서 사업을 벌이

고 있는 서방 사업가와 은행가가 피살되는 범죄가 몇 차례 일어났다.

그들 모두가 경호원을 두고 있었지만 출근길에 기관총 세례를 받고 경호원들과 함께 사망했다.

"모스크바에서 사업을 하는 입장에서 우려스러울 수밖에 없습니다. 공권력을 무시하고 노골적으로 공격하는 것은 우리나라에서는 있을 수 없는 일입니다."

소련 쿠데타 이후 모스크바에는 수십만 점의 불법 무기 가 풀렸고 대다수가 마피아의 수중에 들어갔다.

"저희가 강 대표님께 경호를 붙여드리겠습니다. 오늘 같 은 일이 앞으로는 벌어지지 않도록 말입니다."

세르게이는 무척이나 미안한 표정으로 말했다.

러시아 고위관리로서 옐친을 구해 영웅 칭호까지 받은 날 위험해 빠뜨리게 한 것이 미안하고 창피한 것이다.

"감사합니다. 하지만 저 때문에 모스크바 치안을 책임지 는 인원이 빠지는 걸 원치 않습니다. 도시락 내에 경비대가 있어 저를 경호할 인력은 충분합니다."

"그렇게까지 생각해 주시니 고맙습니다. 강 대표님께서 필요한 것이 있으면 언제든지 요청하십시오. 무엇이든지 최대한 협조하겠습니다."

"고맙습니다. 한데 절 보자고 하신 이유가 무엇인지 물어

봐도 되겠습니까?"

특별한 일이 아니었다면 험한 일을 당한 날에 날 보자고
하지 않았을 것이다.

더구나 이제 막 자정을 넘어가는 늦은 시간에 말이다.

세르게이는 이야기를 시작하기 전부터 한숨을 내쉬며 말
했다.

"후우! 어떻게 말을 꺼내야 할지 모르겠지만 지금 우리가
가장 믿을 수 있는 사업가는 강 대표님이 유일한 것 같아서
말입니다. 아시다시피 현재 러시아는……."

그가 나에게 말하고자 하는 것은 지금 현재 러시아가 당
면하고 있는 경제 상황이었다.

현재 식료품을 비롯하여 생활에 필요한 물품들이 나라에
서 운영하는 국영상점에 제대로 공급되지 않고 있었다.

소련연방 붕괴 후 생필품과 식량을 매매하기 위해 자발
적으로 생겨난 자유시장이 더욱 활성화되고 있었다.

문제는 자유시장에 나오는 물품 가운데는 최근 기승을
부리는 경제 마피아(부패한 관리와 사업가)들에 의해 국영상
점으로 가야 할 물건 상당수가 빼돌려지고 있었다.

더구나 정부 통제에도 불구하고 물가가 폭등하고 있다.

물가는 1단계 가격자유화 조치가 시행된 지난 1월에
350%로 폭등했고, 내년에도 이에 못지않게 물가가 상승할

거라고 경제전문가들이 너도나도 예측을 내어놓았다.

그 예로 올해 초 리터당 1.5루블이었던 휘발유 가격은 최근 8루블로 5배 이상 뛰어오른데 이어 조만간 15루블 수준이 될 것이라는 소문이 널리 퍼졌다.

2백 루블 정도 하던 모스크바―하바로프스크사이의 항공료도 4천～5천 루불로 올랐다.

한마디로 체제 변화 과정에서 나타나는 각종 문제점으로 러시아는 심각한 중병을 앓고 있었다.

"전체 실물생산량(NMP)은 지난 90년 전년 대비 3.6% 줄어든 데 이어 작년에는 11%나 감소했습니다. 이러한 추세는 올해에도 더욱 가속화되어 작년보다 15～20%가량 생산량이 격감할 거라 예측하고 있습니다. 한데 저희가 지금 처한 상황을 타개할 뚜렷한 방법이 보이지 않습니다. 더구나 공산당이 가지고 있던 재산들을 조사하는 과정에서 1천억 달러에서 3천억 달러에 이르는 비밀 자금을……."

세르게이는 러시아 정부 고위관계들만이 알고 있는 이야기를 나에게 해주었다.

악화일로에 있는 경제가 쿠데타 이후 처리해야 할 일이 산적해 있는 러시아 정부의 발목을 잡고 있었다.

최근 러시아 경제가 생산 침체 등 극심한 진통을 겪고 있는 것은 경직된 관료주의와 부정부패 등이 첨예하게 맞물린 상황에서 구소련의 누적된 문제가 자본주의적 현상 중 가장 부정적인 요소들이 한꺼번에 겹쳐서 나타났기 때문이었다.

더구나 구소련체제는 정부보조금과 강압에 의해서만 필요한 물품을 생산했고 생산비 개념도 없이 생산성이 거의 없었다.

앞으로 몇 년에 걸쳐 시장경제가 제대로 정착될 때까지는 경제적으로 혼란이 계속될 것이 분명했다.

쉽게 말해 사회주의는 채찍으로, 자본주의는 당근으로 경제를 꾸려왔다.

하지만 현재 러시아의 상태는 채찍은 없어졌지만 국민들에게 줄 마땅한 당근이 없는 상황이었다.

"공산당이 해외로 자금을 빼돌렸다고요?"

"그렇습니다. 소련공산당은 상당한 자금을 가지고 있었습니다. 더구나 러시아중앙은행에는 2천~3천t의 금을 소유하고 있었습니다. 한데 지금은 2백 40t의 금밖에는 없습니다. 지금의 경제 상황을 어느 정도 타개할 수 있는 자금이 얼마 전까지 있었지만 지금 이 나라의 금고는 텅 빈 상태입니다."

세르게이의 말처럼 소련공산당이 소유하고 있던 금뿐만 아니라 백금과 주요 광물들도 해외로 빼돌려졌다.

소련공산당은 해외 공산당이나 좌익단체 지원 명목으로 1945년부터 비밀 자금을 해외로 반출해 왔다.

1985년 이후부터 이 액수가 늘어나기 시작했고 특히 8월 쿠데타 실패 후 비밀 자금의 해외 반출이 급증했다.

그 액수가 적어도 2백억 달러 이상이었다.

자금을 관리하던 공산당 간부들이 막대한 자금을 해외로 빼돌려 호텔과 부동산에 투자하거나 70개국 이상의 나라의 은행에 비밀 계좌를 개설하여 예치한 상태라는 게 세르게이의 말이었다.

이 자금이 예치된 나라 중에는 한국도 포함되어 있었다.

"그리고 현재 한국의 부산항에 입항한 탬페레호에 10억 달러 상당의 금괴가 러시아에서 반출된 것을 알아냈습니다. 저희는 이 배에 실린 금괴를 조용히 러시아로 되찾아오고 싶습니다. 하지만 저희가 나서면 미국이나 서방의 움직임에 포착됩니다. 만약 강 대표님께서 도와주시면 10%를 수고비로 드리겠습니다."

지금 러시아 정부는 공산당이 해외로 반출한 자금을 되찾아 국가경영자금을 마련하려고 고심 중이었다.

한데 세르게이가 공식적으로 나설 수 없다는 말은 러시아 정부자금으로 이 금괴를 회수하려는 뜻이 아니란 말이었다.

이 자금은 옐친 대통령의 비밀 자금으로 사용하겠다는 뜻이었다.

정부조직이 움직이면 화물선에 실린 금은 러시아 정부로 귀속될 수밖에 없었다.

많은 나라의 지도자들이 통치자금이라는 명목으로 비밀 자금을 운용했다.

옐친도 마찬가지였다.

아직 그를 공격하는 정적도 많았고 설득시켜야 하는 정치인도 많았다.

그들을 끌어들일 무기 중에 가장 좋은 것은 돈이었다.

더구나 처음 예상했던 것보다도 공산당의 비밀 자금의 액수가 적었다.

수천억 달러의 비밀 자금이 관리되고 있다는 것을 확인한 상태에서 예상보다 많은 자금이 사라진 것이다.

소련공산당의 비밀 자금을 옐친이 얻었다면 현재와 같은 극심한 어려움을 덜할 수 있었다.

"제가 나선다고 해서 문제를 해결할 수 있겠습니까?"

"템페레호는 공산당 소유의 화물선입니다. 이미 공산당이 가지고 있는 모든 부동산과 자산은 러시아 정부로 귀속된 상태입니다. 화물선 또한 러시아 정부 소속입니다. 저희가 템페레호를 강 대표님께 넘기겠습니다. 화물선매매서와 인도명령서를 가지고 한국에 가서서 배를 블라디보스토크까지 몰고만 오면 됩니다. 대신 제가 나서서 도와드리는 것은 서류적인 상황뿐입니다. 저희와 관계된 사실을 다른 러시아 관계자나 다른 나라의 기관이 알게 되면 계약은 자동으로 파기됩니다."

세르게이는 내 능력으로 선원들을 설득하든 다른 선원으로 교체하든 간에 블라디보스토크까지 배를 가져다 놓으면 된다는 것이다.

그건 내 능력에 달린 일이었다.

또한 그 누구에게도 세르게이와 관계된 것을 알게 해서는 안 된다는 말이었다.

"배에 금괴가 있는 것은 확실합니까?"

"그건 확실합니다. 배에 탄 선원 중에 저희 쪽 사람이 있습니다. 문제는 선원 중에 공산당과 관계된 인물도 있다는 것입니다."

러시아공화국 내 공산당은 공식적으로 해체되었지만, 아직 몇몇 공화국 내에서는 공산당이 활동했다.

공산당이 해체되어도 뿌리가 깊어 아직도 상당한 힘을 발휘하고 있었다.

"그렇다면 공산당 쪽에 속한 인물의 방해가 있을 수 있겠네요?"

"그럴 수도 있고 아닐 수도 있습니다. 현재 그 배에 금이 실렸다는 것을 아는 인물은 극소수니까요. 단지 한국으로 배를 몰고 가라는 명령을 받았을 수도 있습니다. 출항 이유가 한국에서 기계 부품을 운반하는 것이 형식상 목적이었습니다. 블라디보스토크로 배를 가지고 오시면 우리가 다시 배를 사들일 것입니다. 그때 템페레호 구매 금액으로 약속대로 전체 금괴에 해당하는 10%의 돈을 지급하겠습니다. 원하시면 금괴로도 드릴 수도 있습니다."

세르게이의 말처럼 10억 달러 상당의 금괴라면 수고비가 10%라 해도 1억 달러였다.

현재 환율로 따지면 820억에 해당하는 거금이었다.

'과연 세르게이의 말처럼 어렵지 않은 일에 820억이라는 거액을 내줄까?'

솔직히 믿기가 힘들었다.

또한 어떤 어려움이 도사리고 있는 줄도 모르는 일이다.

"생각을 해보겠습니다. 만약 제가 그 일을 하게 된다면 저에게 주실 금액은 모두 국영기업의 바우처(국민주)로 받고 싶습니다. 러시아에 재투자한다는 목적으로 말입니다."

현재 은행 등 금융자본가들과 옛 국영기업체 경영자들은 마피아와 손잡고 일반인들에게 분배된 '바우처(국민주)'를 헐값에 긁어모아 주식회사로 전환한 국영기업을 먹어치우고 있었다.

실제 가격이 모두 2천억 달러에 이르는 5백여 개의 제철 · 기계 · 건설 · 화학 · 석유 · 가스 등의 러시아 대기업들이 겨우 72억 달러라는 웃지 못할 금액에 사유화되어 외국자본과 금융 마피아들의 손아귀에 넘어갔다.

뜻밖의 요구에 세르게이의 눈이 커졌다.

누구나가 현금이나 금을 원했다.

생산성이 나오지 않아 값어치가 급격히 떨어진 국영기업의 주식을 원한다는 말에 놀란 것이다.

"어떤 기업을 원하십니까? 적극적으로 돕겠습니다."

세르게이는 날 진정 러시아를 사랑하는 인물로 보았다.

내가 받기로 한 돈을 러시아에 투자한다는 말이 나를 다시 보게 한 것이다.

"러시아에서 사업하는 과정에서 외환거래를 하는 은행의 필요성을 느꼈습니다. 은행과 에너지산업 분야를 원합니다."

러시아 사업파트너이기도 한 미하일 호도르코프스키가 국영기업을 인수하여 최대 민영 석유회사인 유코스를 만들었다.

그 또한 은행과 석유와 가스를 다루는 에너지산업으로 부를 얻었다.

더구나 러시아에서 외국으로의 외환거래에 있어 은행은
필수적이었다.

문제는 러시아가 외국인에게 러시아은행의 소유를 허락
하고 있지 않다는 것이다.

세르게이는 바로 대답을 하지 않았다. 그의 권한 밖의 일
이었다.

"잠시만 기다려 주십시오."

세르게이는 앉아 있던 자리에서 일어나 전화가 있는 곳
으로 향했다.

10분 정도 시간이 흐른 후에 세르게이가 돌아왔다.

"좋습니다. 강 대표가 원하는 대로 해주겠습니다. 대신
다음 달까지 블라디보스토크에 배를 입항시켜야 합니다."

세르게이가 한 말은 엄청난 보물이 잠자고 있는 금고를
열 수 있는 열쇠를 얻는 것과 같았다.

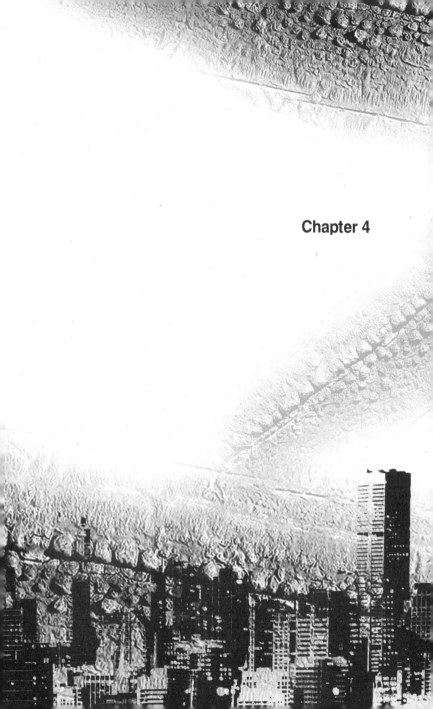

Chapter 4

　세르게이와의 만난 후에 아르바트 거리에 위치한 도시락 모스크바지사 숙소로 돌아와 쓰러지듯 잠자리에 들었다.

　오늘 하루 동안 벌어졌던 일은 마치 영화에서나 나올 법한 일이었다.

　모스크바는 미국의 서부 개척 시대처럼 거칠고 위험이 넘쳐났다.

　숙소 입구에는 도시락 경비대원 4명이 자동소총과 방탄조끼를 입은 채 밤새 경비를 섰다.

　아침에 일어나자마자 김만철과 일린이 나를 기다리고 있

었다.

나는 두 사람과 함께 도시락 경비대의 충원에 대해 논의했다.

현재 20명의 인원에서 40명 정도로 늘릴 생각이다. 또한 정식적으로 경비업체를 등록할 예정이다.

충원할 경비 인력은 넘쳐났다.

실력이 뛰어난 인재들이 국방개혁과 KGB의 해체로 인해서 군부대를 떠났다.

그들은 일거리를 찾기 위해 모스크바 거리를 떠돌고 있지만 어려운 러시아 경제 사정 때문에 원하는 일을 찾기가 쉽지 않았다.

이렇게 일거리를 찾지 못하는 군 전역자들을 끌어들인 것은 마피아들이었다.

평범한 일을 찾기에는 그들이 가진 특기와 기술이 일반 회사에는 별로 쓸모가 없었다.

더구나 모스크바에서 활동하는 경비업체나 경호업체도 마피아와 연관된 곳이 상당수였다.

"앞으로 도시락뿐만 아니라 새로운 사업장이 더 늘어날 것입니다. 그렇게 되면 노골적으로 마피아가 보호세 상납을 요구할 수 있습니다."

마피아들은 실생활 곳곳에 망을 치고 앉아 일종의 보호

세를 챙겼다.

여기에 반항하는 사업가나 공직자들을 예외 없이 처형 대상이 된다.

러시아에서는 소련쿠데타 이후 매년 백 명에 가까운 사업가나 공직자 등이 살해되었다.

"확실하게 도시락 경비대의 힘을 보여주어야 합니다. 지금 보스를 공격했던 마피아에 대해 알아보고 있습니다. 알아내는 대로 보복을 할 것입니다. 그래야만 다른 마피아들도 우리를 함부로 건드릴 수 없습니다."

일린은 자신이 끌어들인 동료와 함께 마피아를 칠 계획을 하고 있었다.

일린과 그의 동료들은 스페츠나츠 PRU(총정보국 특수부대) 출신이다.

"위험하지 않겠습니까?"

일린의 실력을 충분히 알고 있었지만 걱정이 되었다.

"이번 일로 놈들의 힘이 약화되었을 것입니다. 이번 기회에 몸통이 아닌 머리를 자르면 다른 마피아에게 흡수되거나 조직이 와해될 것입니다."

"일린의 말처럼 눈에 눈 이에는 이로 나가야 합니다. 약한 모습을 보이는 순간 다른 놈들도 득달같이 달려들 것입니다."

김만철도 일린의 말에 적극적으로 찬성했다.

마피아들은 모스크바에 진출한 외국계 회사에 보호세 명목으로 돈을 강탈해 갔다.

돈을 내지 않았던 한 회사는 사업장에 마피아가 침입하여 판매할 물건들을 파손하고 강탈해 갔다. 그로 인해 50만 달러의 피해를 보았다.

경비원을 두었지만 한두 명으로는 막을 수 없는 일이었다.

현재 도시락 모스크바지사와 스베르 건물에는 경비원들이 중무장한 채 경비를 서고 있다.

또한 금괴가 있는 세레브로 제련공장에는 자체 경비원을 포함하여 열 명이 지키고 있었다.

그들 모두 자동소총과 수류탄으로 무장했다.

'틀린 말은 아니야. 지금 모스크바는 약육강식의 세계처럼 변해 버렸다.'

"반드시 몸조심해야 합니다. 위험한 상황에 빠지면 물러나십시오. 저는 유능한 직원을 잃고 싶지 않습니다."

"알겠습니다. 추가적인 경비 인원의 충원은 특수부대인 알파 부대와 빔펠 부대에서 빠져나온 인물들로 채워질 것입니다. 이미 많은 인원이 도시락 경비대에 지원한 상태입니다"

일린의 말처럼 군사쿠데타에 동원되었던 특수부대인 알파 부대와 빔펠 부대가 된서리를 맞았다.

알파 부대는 적극적으로 동참하지 않았지만 예외는 없었다.

옐친을 구하기 위해 벨리돔에서 벌어졌던 전투에서 빔펠 그룹을 이끌었던 이고르와 전투를 벌였다.

공산당이 주도했던 군사쿠데타 실패는 관련된 모든 부대에 영향을 끼쳤다.

능력 있고 실력이 뛰어난 인물들이 자신의 의사와 상관없이 군복을 벗었다.

"아직 특별한 공고를 내지도 않았는데 지원자가 많다는 것입니까?"

인원을 뽑는다는 모집 광고를 내지도 않은 상태였다.

"도시락 경비대에 들어오고 싶은 지원자들이 자신의 이력서를 보내왔습니다. 지금 모스크바에는 일거리를 찾는 전역자로 넘쳐나고 있습니다. 더구나 도시락 경비대의 조건이……."

도시락 경비대는 그들에게 있어 가장 좋은 일자리였다. 다른 어떤 곳보다도 받는 급여나 대우가 좋았다.

다른 것을 다 떠나서 경비대원이 근무 중에 사망하거나 일을 할 수 없을 정도로 중상을 입었을 때 모든 것을 회사에서 책임지고 생활할 수 있게 해주었다.

병원비를 비롯하여 자신은 물론 가족들을 부양할 수 있는 월급이 평생 나온다.

지금 근무하는 인원들의 입을 통해서 외부로 이 사실이 많이 알려지자 실력이 뛰어난 인물들이 모집 공고를 내지 않은 상태에서도 지원서를 보내온 것이다.

"실력이 뛰어난 인물도 좋겠지만 인성과 함께 회사의 충성도가 높은 인물들로 뽑아야 합니다."

나는 살인 병기를 원하지 않는다.

도시락 경비대는 전쟁을 하기 위해 존재하는 것이 아니다.

러시아에 진출한 회사와 자산을 보호하고 지켜 나가기 위한 어쩔 수 없는 선택이었다.

"걱정하지 마십시오. 일린이 선별한 인물들을 제가 다시 한 번 살펴볼 것입니다."

김만철은 내가 원하는 바를 잘 알고 있었다.

"그렇게 해주세요. 회의는 여기까지 하고 블리노브치 씨가 입원한 병원에 가보도록 하지요."

현재 블리노브치는 모스크바중앙병원에 입원 중이었다.

모스크바중앙병원은 모스크바에서 가장 좋은 시설과 의사들이 있는 곳이다.

수술을 통해 총알을 모두 제거했지만 블리노브치는 아직 깨어나지 못하고 있었다.

＊　　　＊　　　＊

　모스크바중앙병원에 건장한 체격의 인물들이 입구에 서서 병원을 방문하는 이들을 살피고 있었다.

　블리노브치가 입원한 병실은 8층이었고 외부인은 절대로 접근할 수 없게끔 수십 명의 인원이 무장한 채로 복도부터 막고 있었다.

　사전에 연락을 취하지 않았다면 나 또한 병실에 접근할 수 없었을 것이다.

　병실에는 블라디보스토크에서 날아온 소냐가 블리노브치를 지키고 있었다.

　그녀는 나를 보자마자 눈물을 흘리며 안겨왔다.

　소냐는 누구도 의지할 수 없는 상황이었다.

　그녀의 오빠 또한 타깃이 되었다는 소식에 모스크바에 함께 오지 못했다.

　"괜찮을 거야, 소냐."

　"흑흑! 아버지를 잃게 되면 난 고아가 된다고."

　소냐는 몇 년 전 자동차 사고로 어머니를 잃었다.

블리노브치는 산소호흡기에 의지한 채 거친 숨을 내쉬고 있었다.

"블리노브치 씨는 강한 분이야. 조만간 아무렇지 않게 툴툴 털고 일어나실 거야."

"정말 그럴까?"

눈물로 뒤범벅된 소냐가 날 물끄러미 보며 물었다. 그녀의 아름답고 파란 눈은 슬픔으로 가득했다.

"물론이야. 소냐의 곁을 떠날 분이 절대 아니야."

나는 불안한 모습을 보이고 있는 소냐를 안심시킬 수밖에 없었다.

의사의 말로는 깨어날 확률이 50%라고 한다.

나 또한 소냐의 바람처럼 어서 블리노브치가 깨어나길 바라고 있었다.

러시아에서 사업을 하기 위해서는 그가 있고 없고는 천지 차이였다.

현재의 러시아에서는 관료들과 마피아를 통하지 않으면 일이 제대로 이루어지지 않았다.

그만큼 러시아는 혼란스럽고 과도기적인 상황에 처해 있었다.

병문안을 마친 나는 세레브로 제련공장으로 향했다.

금괴의 정련이 모든 끝이 났기 때문이다.

＊　　　＊　　　＊

세레브로 제련공장은 활기차게 돌아가고 있었다.

러시아 정부에서 많은 일감을 밀어주었다.

더구나 낡은 기계를 교체하고 최신의 기계 설비로 바꾸자 작업의 진행 속도도 훨씬 빨랐다.

인원의 구조 조정도 모두 끝난 상태였기에 매달 흑자를 내고 있었다.

바리케이드가 내려진 정문에는 다섯 명의 중무장한 경비원이 차를 세웠다.

내가 탄 차량에는 김만철과 일린이 동승했고, 뒤에 따라오는 차량에도 3명의 경호 인력이 타고 있었다. 모두가 체첸마피아의 습격 이후에 바뀐 모습이다.

또한 2대의 방탄차량을 주문한 상태였다. 이번에는 창문뿐만 아니라 차량 전체가 소총과 수류탄 공격에도 끄떡없게 제작되었다.

나를 확인한 경비원은 재빨리 바리케이드를 올리라는 신호를 보냈다.

경비를 맡고 있는 대원들은 이번에 새로 지급된 경비복과 최신 방탄조끼를 입고 있었다. 러시아 특수부대에만 공급되는 물품이었다.

공장 사무실 앞으로 공장장인 볼조프가 나와 우리를 기다리고 있었다.

친화력과 성실함을 갖춘 볼조프는 세레브로 제련공장을 잘 이끌어갔다.

"어서 오십시오, 기다리고 있습니다."

볼조프는 손수 차 문을 열어주며 인사를 건넸다.

"수고가 많았습니다."

나는 그를 향해 악수를 건넸다.

볼조프는 나를 금괴가 있는 장소로 안내했다.

금괴를 보관하고 있는 곳은 제련공장에서 가장 안쪽에 위치한 창고였고, 창고 앞에는 3명의 인물이 경비를 서고 있었다.

창고의 문은 강압적으로는 열리지 않는 이중 잠금장치를 사용하였다.

잠긴 문의 열쇠는 각각 볼조프와 일린이 각각 지니고 있었다.

창고의 문이 열리자 안쪽으로 빼곡하게 늘어선 나무상자들이 보였다.

상자 안에는 99.9%로 새롭게 제련된 10kg짜리 금괴가 들어 있다.

모두 3천만 달러에 해당하는 금액의 금괴였다.

아직 스베르 건물 지하에는 상당량의 금괴가 보관 중이었다.

상자 안에 담긴 금괴를 들어 올리자 묵직한 무게와 함께 황금 특유의 노란빛이 은은하게 퍼져 나왔다.

금괴를 넘길 준비는 모두 되었지만 인수자인 블리노브치가 깨어나지 않고 있었다.

"당분간 금괴를 창고에 좀 더 보관해야 합니다. 경비 인력을 추가로 배치하도록 하세요."

3천만 달러의 금괴가 보관 중인 것이 외부에 알려지면 마피아들이 득달같이 달려들 것이다.

물론 이 사실을 알고 있는 것은 나를 비롯하여 창고에 들어온 4명의 인물뿐이었다.

하지만 안전을 위해서는 사전에 조처해 나야만 했다.

"알겠습니다. 언제까지 창고에 보관해야만 합니까?"

"글쎄요, 블리노브치 씨가 깨어나거나 아니면 새로운 구매자가 나타날 때까지겠지요. 추가로 보고할 사안이 있습니까?"

"인력을 좀 더 충원해야 할 것 같습니다. 일감이 지속해서 늘어나고 있어서 지금 인원으로는 조만간 감당할 수 없을 것 같습니다."

볼조프의 말처럼 세레브로 제련공장에 러시아 정부에서 주는 일감뿐만 아니라 다른 기업에서도 상당한 의뢰가 들어오고 있었다.

구조 조정을 단행해야 할 만큼 문제가 많았던 제련공장이 어느새 추가로 인원이 필요할 정도로 빠르게 성장한 것이다.

세레브로와 비슷한 공장들이 주변에 있었지만 지금은 녹슨 구조물만 남기고 모두 폐쇄되고 말았다.

경쟁 관계에 있던 공장들에 신규 투자가 이루어지지 않았고 낡은 장비와 경영 방식으로 결국 회사 문을 닫을 수밖에 없었다.

경쟁자가 없어진 세레브로 제련공장은 어려운 경제 상황에서도 일감이 넘쳐났다.

"인원 충원은 공장장이 알아서 조치하십시오. 대신 이전처럼 과잉 인력이 남아도는 것은 안 됩니다."

세레브로 제련공장이 어려움에 부닥친 것도 공장 시설에 비해 과도하게 많은 일력 때문이었다.

"알겠습니다. 그 점은 저도 충분히 인지하고 있습니다."

"그럼 됐습니다. 이건 이번 일에 대한 보너스입니다. 공장직원들과 함께 회포를 부십시오."

나는 흰 봉투를 꺼내 볼조프에게 건넸다.

"이런 걸 안 주서도 충분합니다."

볼조프의 말처럼 세레브로 제련공장 직원들의 월급을 올려주었다.

세레브로 제련공장은 동종 업계에서 최고의 급여를 받는 곳 중에 하나가 되었다.

"열심히 일한 대가라고 생각하십시오."

"감사합니다. 인정을 받고 일하는 것이 이런 거라는 것을 대표님이 깨닫게 해주셨습니다. 앞으로도 최선을 다하겠습니다."

볼조프는 내게 고개를 숙여 진심으로 감사를 표했다.

한때는 그도 구조조정 대상자였다.

러시아에 있는 회사들도 한국의 회사들처럼 모두 힘찬 날갯짓을 하고 있었다.

Chapter 5

　김만철이 일린이 1차적으로 선발한 경비대원들을 살펴
보았다.

　다들 강함이 느껴질 정도로 단단한 체격을 가지고 있었
다.

　대다수가 특수부대 출신이거나 그에 걸맞은 경험을 가진
인물이었다.

　그중에는 여자 두 명도 포함되어 있었다. 그녀들 또한 특
수부대 출신이었다.

　지원자 중에는 대통령경호실 출신도 있었다.

미하일 고르바초프가 대통령에서 물러나자 그를 경호했던 인력들도 경호실을 떠나게 된 것이다.

보리스 옐친은 자신을 따르는 인물들로 대통령 경호실을 채웠다.

지원자들이 모인 곳은 스베르 건물 뒤쪽에 위치한 공터였다.

그곳은 도시락 경비대의 훈련 장소이기도 했다.

수백 명이 넘는 지원자 중에서 46명을 선발했다. 거기서 다시 절반을 추려낼 예정이다.

나 또한 현장에 나가 그들을 지켜보았다.

새롭게 합류하는 인원들과 함께 도시락 경비대는 '코사크'라는 새로운 이름으로 출발할 것이다.

러시아에서 활동하는 경비보안업체이기 때문에 러시아 이름을 쓰는 것이 좋았다.

코사크는 카자크라고도 불리며 15세기 러시아 중부에서 남방 변경지대로 이주한 농민 집단을 지칭하는 말이다.

이 코사크는 자치 군사공동체를 형성해 수백 년간 러시아의 국경을 지키는 임무를 맡았다.

경비보안업체의 등록은 일사천리로 진행되었다. 모두가 대통령 비서실장인 세르게이 덕분이었다.

도시락과 세레브로 제련공장도 보호를 받는 대가로 코사

크에 정식으로 돈을 지급할 예정이다.

내가 원하든 원치 않든 간에 러시아에서 사업체의 숫자는 늘어갔다.

코사크 보안경비업체 지원자들은 사격과 격투 상황 대처 등 다양한 현장 시험을 거친 후에 다시금 여러 가지 심리테스트를 할 예정이다.

코사크는 람보와 같은 영웅은 필요하지 않는다.

대원들 간의 유기적인 협조와 만약의 사태에 즉각적으로 대처할 수 있는 인원이 필요한 것이다.

짝을 지어 가상의 대결을 벌이는 지원자들의 실력은 대단했다.

각자가 러시아 삼보와 격투술, 그리고 특수부대에서 배우는 군용무술인 시스테마까지 다양한 무술을 습득한 인물이었다.

시스테마는 군용무술로 맨손 격투뿐만 아니라 그래플링(레슬링 및 유도에서 양 선수가 서로 매트 위에서 단단히 붙잡은 형태)과 무기(칼과 총)를 사용하는 싸움을 포함한다.

다들 실전을 방불케 하는 격투를 벌였다.

특히나 여자 지원자들의 격투술은 남자 지원자들에 전혀 뒤지지 않았다.

남자에게서 볼 수 없는 특별한 동작과 민첩한 움직임으

로 상대의 항복을 받아냈다.

물론 격투술에서 이겼다고 해서 선발되는 것은 아니다.

모든 상황을 종합적으로 판단하여 점수를 매겨 그중 높은 점수를 딴 인물을 최종 선발한다.

또한 최종적으로 내가 직접 면접을 보고 입사를 결정할 예정이다.

까다로운 절차였지만 회사에 꼭 필요하고 믿을 수 있는 인물만을 받아들여야 했다.

러시아에 세워지는 회사를 관리하기가 솔직히 쉽지 않았다.

무엇보다 내가 러시아에 머물 수 있는 시간은 그리 많지 않았다.

그러므로 믿고 의지할 수 있는 인물이 없다면 회사를 운영할 수가 없다.

온종일 치러진 실전 테스트에서 부상자도 여러 명 나왔다.

각종 테스트는 하루에 그치는 것이 아니라 삼 일 동안 치러졌다.

그러는 동안 나는 분주하게 도시락 현지 공장을 설립하기 위한 준비 작업을 살폈다.

도시락 현지 공장은 설계도면이 완성되면 3월에 첫 삽을

뜨게 된다.

공장이 설립되는 곳까지 도로와 상하수도 어느 정도 설비가 마무리가 된 상태였다.

추운 한겨울이었지만 러시아당국과 모스크바시에서 적극적으로 추진한 덕분이었다.

이 또한 옐친 대통령의 입김이 작용한 것이다.

도시락라면은 한국에서 보내지는 대로 당일 날 모두 팔려 나갔다.

모스크바 판매장에서 팔려 나간 도시락라면은 자유 시장에서 두 세배로 거래될 정도로 인기가 폭발적이었다.

국내에서 판매되는 분량을 빼고 모두 러시아로 보내고 있었지만 물량은 턱없이 부족한 상태였다.

하루빨리 현지 공장이 설립되어야만 몰려드는 수요를 감당할 수 있었다.

스베르 건물의 수리와 리모델링도 끝나갔다.

한국이었으면 벌써 끝날 공사였지만 러시아에선 원하는 자재 수급이 어려웠고 전문 건설 인력이 부족했다.

현재 모스크바는 군사쿠데타로 인해서 도심 전체가 공사장을 방불케 했다.

쿠데타가 실패로 끝난 후 3개월에 걸쳐 수리와 보수 작업이 이루어지고 있지만, 이전의 상태로 복구가 이루어지려면 올 한 해가 다 지나야만 가능했다.

그 덕분에 전문 건설 인력이 부족한 상황이었다.

스베르의 공사가 모두 끝나면 도시락의 모스크바지사와 세레브로 제련공장의 본사가 들어올 예정이다.

또한 새롭게 만들어지는 보안경비업체인 코사크도 입주할 것이다.

그렇게 되면 아르바트 거리에 위치한 도시락 모스크바지사는 종합판매장으로 만들 생각이다.

종합판매장에는 닉스에서 만들어지는 신발과 블루오션의 제품들, 그리고 비전전자의 컴퓨터까지 들여올 예정이다.

*   *   *

정신없이 일을 처리하는 동안 코사크에 지원한 인원 24명이 최종 선발되었다.

다들 실전 경험까지 풍부한 인물이었다.

최종 선발에 기대를 모았던 두 명의 여성 지원자 모두가 선발되지는 못했다.

그중 나이가 한 살 더 많은 율리냐라는 여성 지원자가 최종 선발되었다.

그녀는 KGB 산하 특수부대인 빔펠(Vympel) 부대 출신이었다.

빔펠은 납치와 암살 임무를 전문적으로 훈련한다. 빔펠은 이번 군사쿠데타에 적극적으로 개입되는 바람에 많은 인력이 퇴출당했다.

"율리냐 씨는 코사크에 지원한 이유가 무엇입니까?"

나는 회사의 면접관들이 가장 흔히 하는 질문을 던졌다.

"제가 가장 잘할 수 있는 일이기 때문입니다."

"뭘 가장 잘할 수 있다는 것이지요?"

"제가 가장 잘할 수 있는 일은 사람을 죽이는 일입니다. 하지만 그 반대로 사람을 보호하고 구하는 일도 잘할 수 있습니다."

나를 정면으로 바라보며 말하는 율리나의 답변은 거침이 없었다.

"경호를 잘할 수 있다는 말로 듣겠습니다. 율리냐 씨는 회사가 요구하는 어떤 일도 해낼 수가 있습니까?"

경호와 경비업이 주 업무가 될 코사크의 일의 특성상 험한 일이 많았다.

마피아가 제 세상을 만난 것처럼 설쳐대는 러시아에서는 특히나 더했다.

"저의 모든 것을 걸었던 군에서 저는 배신을 당했습니다. 회사가 절 배신하지 않는다면 저 또한 어떠한 일도 마다치 않겠습니다."

진한 갈색 머리를 짧게 자른 율리냐는 전형적인 러시아 미녀였고 24살의 아가씨였다.

흠이라고 하면 왼쪽 얼굴에 칼로 베인 듯한 흉터였다.

"가족은 여동생뿐입니까?"

"예, 부모님은 두 분 모두 일찍 돌아가셨습니다."

"코사크의 업무의 특성상 여러 가지 어려운 일이 발생할 수 있습니다. 잘못하면 목숨을 잃을 수도 있는 업무도 있는데 가능하겠습니까?"

경호 업무를 하는 도중에 마피아의 공격을 받고 사망하는 경호원이 늘고 있었다.

코사크의 직원들도 그러한 일을 당하지 않는다는 보장이 없었다. 앞으로 더욱 세력을 넓히고 기세를 올릴 마피아들이었다.

"저는 목숨을 잃는 것을 두려워하지 않습니다. 제가 두려워하는 것은 저의 존재 가치를 잃어버리는 것입니다."

율리냐는 똑 부러지는 성격의 아가씨였다.

"마지막으로 질문하겠습니다. 율리냐 씨가 고객을 경호하는 임무 중에 고객과 여동생이 동시에 위험해 처하게 된다면 어떻게 대응하시겠습니까?"

나의 질문에 율리냐는 이전처럼 선뜻 답을 하지 못했다.

30초 정도 흘렀을 때 율리냐가 입을 열었다.

"고객을 위험해 처하지 않게 하겠습니다. 그것이 저의 일이고 책임입니다."

"위험한 여동생을 그대로 놔두겠다는 말입니까?"

"아닙니다. 동생을 건드린 인물은 누구를 막론하고 반드시 복수할 것입니다."

율리냐는 진심으로 대답했다.

"좋습니다. 모든 질문을 마쳤습니다. 결과는 내일까지 기재된 연락처로 통보될 것입니다. 돌아가도 좋습니다."

내 말에 면접장을 나서는 율리냐가 걸음을 멈추고 뒤돌아보며 물었다.

"제가 질문 하나 해도 되겠습니까?"

"예, 말하십시오."

"모든 걸 포기할 정도로 회사에 충성한 저에게 회사는 어떤 걸 해줄 수 있습니까?"

율리냐는 자신의 하나밖에 없는 여동생까지 포기한 자신에 대한 것을 질문했다.

가상으로 일어날 일에 대한 질문이었지만 율리냐는 그녀의 말처럼 행동하리라는 것을 알 수 있었다.

"첫 번째, 절대로 회사는 가족을 포기하라는 명령을 내리지 않습니다. 만약 동시에 그러한 일이 발생한다면 회사는 최선을 다해 여동생을 구하도록 할 것입니다. 두 번째, 만약 실패한다면 회사는 모든 방법을 동원해서 율리냐 씨의 복수를 도울 것입니다."

내 말에 율리냐의 얼굴에 미소가 번졌다. 그녀는 가벼운 발걸음으로 면접장을 나섰다.

자신이 합격할지 불합격될지는 모르지만 입사를 지원한 곳이 자신이 바라던 곳이라는 것을 확인한 순간이었다.

코사크는 군대가 아니다.

이윤을 추구하는 회사지 가족까지 희생시키면서 충성할 곳은 아니었다.

선발된 24명의 면접은 아침부터 저녁까지 온종일 진행되었다.

짧게는 10분 정도 걸렸지만 길게는 30분까지 한 인물도 있었다.

최종적으로 선발된 인원은 21명이었다.

그중에 율리냐도 포함되었다.

21명의 인원은 한 달간의 교육과 훈련을 통해서 새롭게 만들어진 코사크의 정식 인원으로 활동할 것이다.

면접이 진행되는 동안 우리를 공격했던 체첸마피아의 근거지를 일린이 알아냈다.

이틀 뒤 우리는 모스크바 북쪽 외곽에 위치한 한 건물에 도착했다.

그곳이 우리를 습격한 체첸마피아의 근거지였다.

건물은 4층이었고 그곳에는 십여 명의 인물이 상주하고 있었다.

샬리라는 이름을 가진 마피아 조직으로, 샬리는 광기와 실성의 의미를 가진 단어였다.

샬리는 1년 사이에 모스크바에서 급격하게 세력을 확장한 마피아 중의 하나였다.

일린과 김만철은 망원경으로 건물을 살폈다.

"샬리의 두목은 도살자라는 별명을 가진 안톤이란 인물입니다."

일린은 조사한 내용을 내게 전달했다.

나는 오늘 작전을 지켜볼 예정이었다.

지금 건물을 습격할 인원은 모두 15명이었다. 기존의 도시락 경비대와 새롭게 뽑은 코사크 직원 중에서 지원자를 뽑았다.

모두가 몇 달 전까지 속한 부대에서 작전을 펼쳤던 인물이라 전투 경험이 풍부했다.

3명의 인원은 나를 경호할 인원이었지만 만약의 사태가 발생하면 후방을 지원할 예정이다.

경호 인력에는 율리냐도 포함되어 있었다.

율리냐는 특히나 사격에서 뛰어난 실력을 보여주었다.

그녀의 손에는 드라구노프(Dragunov) SVD 저격용 총이 들려 있었다.

드라구노프 SVD는 AK—47로 유명한 러시아의 칼리시니코프사에서 제작한 반자동 저격소총이다.

내부 구조가 단순하고 무게가 무척 가벼운 것이 특징이다. 내구성이 뛰어나며 반자동으로 개발됐지만 높은 명중률을 자랑한다.

율리냐와 함께 또 한 명의 인물이 드라구노프 SVD를 들고 있었다.

목표는 체첸마피아 샬리의 두목 안톤이었다.

"안톤을 제거하는 것을 최우선으로 합니다. 추가적인 희생은 최대한 자제해야 합니다."

나의 말에 일린이 고개를 끄떡였다.

마피아들의 저항이 거세지면 자칫 코사크 대원들이 위험에 처할 수도 있었다.

작전대로 머리를 제거하는 것이 가장 좋았다.

"작전은 22시에 시작하도록 하겠습니다."

앞으로 10분 후였다.

이미 건물의 구조를 파악한 상태였다.

입구는 정문과 후문, 두 개였다.

가장 좋은 방법은 저격하는 것이지만 안톤은 창이 없는 사무실에서 전혀 움직이지 않았다.

건물 앞마당에는 차량 네 대가 주차되어 있었고. 두 명의 인물이 경비를 서고 있었다.

작전 시간이 되자 각자가 맡은 구역으로 대원들이 빠르게 흩어졌다.

그리고 정해진 침투 경로를 통해서 건물로 접근하는 모습이 보였다.

일린을 비롯한 열두 명의 인원이 앞마당에 접근하는 순간 경비를 서고 있던 샬리의 조직원이 맥없이 쓰러졌다.

율리냐와 또 한 명의 대원이 소음기가 달린 저격소총을 발사했기 때문이다.

건물 앞마당을 확보한 대원들이 건물의 정문과 후문으로 진입하기 시작했다.

펑! 쾅!

섬광탄이 연달아 터지는 소리와 함께 밝은 빛이 창밖으로 퍼져 나왔다.

섬광탄은 대테러 작전에 많이 사용하는 비살상용 폭탄으로 순간적으로 강렬한 빛과 소음으로 사람을 혼란에 빠뜨리거나 기절시킨다.

타타타탕! 타탕!

곧이어 건물 안에서 총소리가 들려왔다.

차 위에서 저격용 소총을 겨누고 있던 율리냐의 총구에서도 불꽃이 피었다.

핑! 핑!

그러자 3층 창에서 한 남자가 바닥으로 떨어졌다.

건물에 침입하는 대원들의 안전을 위해서 저격조인 두 사람의 역할이 컸다.

순식간에 3층까지 완벽하게 제압하였다.

4층으로 몰린 샬리의 조직원들은 최후의 저항을 펼쳤지만 그것도 잠시뿐이었다.

옥상으로 침투한 두 대원이 밧줄을 타고 거꾸로 강하하여 4층 창문으로 난입했다.

위아래에서 동시에 공격을 당하자 마지막까지 저항하던 마피아들이 투항했다.

눈으로 확인한 대원들의 능력은 보통이 아니었다.

단 한 사람의 부상도 없이 눈 깜짝할 사이에 건물을 접수한 것이다.

샬리의 조직원들은 자신들을 기습한 인물들을 경찰특공대로 보았다.

건물에는 총 13명의 체첸마피아가 있었다. 하지만 목표인 샬리의 두목 안톤은 건물 내에 없었다.

다른 체첸마피아와 회동을 위해서 이미 자리를 비운 상태였다.

현재 모스크바는 러시아마피아와 체첸마피아 간의 전쟁이 벌어지고 있었다.

모스크바 당국은 두 조직 간의 전쟁을 강 건너의 불구경하듯이 지켜보았고, 치안 당국 또한 이이제이(以夷制夷)의 방식으로 적을 이용하여 다른 적을 제어하고 있었다.

러시아마피아는 이런 분위기에 편승하여 체첸마피아에게 맹공을 펼쳤다.

체첸마피아는 러시아마피아의 갑작스러운 공세 뒤에 정치적 배경이 있다고 여겼다.

실질적으로 곳곳에서 벌어진 두 조직 간의 전투 이후 체포되는 쪽은 대다수가 체첸마피아였다.

세력 면에서 러시아마피아에 뒤진 체첸마피아가 열세를 면치 못하자 체첸자치공화국은 이들을 지원하기 위해 테러단을 모스크바에 보냈다는 소문이 돌고 있었다.

체첸자치공화국이 체첸마피아를 돕는 이유는 그들이 체

첸공화국으로 보내는 자금이 어마어마했기 때문이다.

독립을 꿈꾸고 있는 체첸자치공화국에서 체첸마피아가 보내는 자금이 꼭 필요했다.

4층의 창문이 모두 열렸고 일린이 우리에게 손을 흔들어 작전이 끝났음을 알렸다.

건물 안으로 들어서자 화약 냄새가 코를 자극했다.

이번 공격으로 6명의 샬리 조직원이 사망했고 3명이 부상을 당했다. 그리고 나머지 4명은 투항했다.

사로잡은 인물 중에는 샬리의 부두목도 끼어 있었다.

건물 내에는 대전차무기를 비롯하여 수백 정의 무기와 수천 발의 탄약이 나왔다.

모두 지하실에 보관 중인 물품들이었다.

지하실에는 금고가 있었는데 그곳에는 수백만 달러의 미국 달러와 값비싼 귀금속도 함께 발견되었다.

또한 지하에는 오백만 달러의 값어치가 나가는 마약도 보관 중이었다.

한마디로 샬리의 자금줄을 모두 차지한 것이다.

마약은 밖으로 꺼내와 그대로 불살라 버렸다.

샬리의 부두목인 올렉은 내 앞으로 끌려왔다.

"너희는 누구냐?"

그는 날 보자마자 물었다.

자신들의 본거지를 이렇게 순식간에 제압할 조직은 손에 꼽았다. 아니, 이처럼 치밀하고 완벽하게 공격을 해오지 못한다.

"내가 물어야 할 말인데. 일주일 전 모스크바 진입로에서 왜 날 목표로 삼았었나?"

내 말에 올렉의 놀란 눈이 커졌다.

그때의 습격으로 샬리의 조직원 상당수가 사망하거나 부상을 당했다.

샬리의 두목인 안톤과 부두목인 올렉은 고향에서 함께 자란 친구 사이였다.

"의뢰가 들어왔었다. 성공하면 2백만 달러를 주겠다는 조건이었다. 더구나 모스크바에서 상당한 사업장을 운영하고 있는 인물이라 부수적인 수입도 만만치 않을 거란 판단에 안톤이 결정했다."

올렉은 순순히 모든 것을 털어놓았다.

말을 않고 버티면 어떠한 결과로 이어지는지 올렉은 알고 있었다.

올렉 또한 상대편 조직원에게 고문을 가해 정보를 얻어 내었다.

지금 자신들을 공격한 인물들이 경찰이 아니란 것을 확

인하는 순간 올렉은 우리를 러시아마피아로 판단했다.

마피아의 고문은 지독했다.

'누가 날? 무엇 때문에?'

순간 올렉의 말에 떠오른 의문이었다.

"누가 의뢰했지?"

"안톤이 알고 있다. 안톤이 직접 의뢰인을 만났으니까."

"거짓은 아니겠지?"

"날 고문해도 나올 대답은 거기까지다."

그때였다.

"이것 좀 보십시오."

김만철이 손에 들린 것은 서류철과 통장이었다.

4층에 벽면에 교묘하게 숨겨둔 또 다른 금고에서 나온 것이다.

순간 올렉의 표정이 일그러졌다.

나는 김만철이 넘겨준 통장과 서류들을 살폈다.

2개의 통장은 모두 스위스와 이스라엘 은행에 개설된 통장이었다.

통장에는 각각 미국 달러로 4천 7백만 달러와 2천 5백만 달러가 들어 있었다.

체첸마피아들이 해외로 빼돌린 비밀 자금이었다.

또한 김만철이 가져온 서류에는 핵물질과 관련된 거래서

류들이었다.

서류에 적혀 있는 나라들은 북한과 리비아, 그리고 이란이었다.

"그걸 건드리면 체첸의 모든 조직이 당신을 가만두지 않을 것이오."

올렉의 말투가 바뀌었다.

김만철이 가지고 온 통장과 서류에 대해 대단히 민감하게 반응했다.

"무슨 말이지?"

나는 올렉의 말에 의미를 알고 싶었다.

"통장에 들어 있는 금액 모두는 체첸자치공화국의 독립을 위해 쓰일 돈이오. 그 서류를 우리에게 그냥 넘겨주시오. 그러면 오늘 일어난 일은 없던 일이 될 것이오."

올렉은 은근히 날 협박했다.

1991년 12월 소련이 해체되면서 캅카스 지역에 있는 아제르바이잔과 아르메니아, 그루지야가 독립해 주권국가가 됐다.

그러나 체첸을 비롯해 잉구셰티아, 북(北)오세티아, 다게스탄 등은 여전히 자치공화국으로 러시아연방으로 남았다.

이때 체첸에 등장한 인물이 구소련군 장성 출신인 조하르 두다예프다.

체첸 출신으로 소련군에서 가장 출세한 그는 고향에 돌아와 초대 대통령에 선출되자마자 러시아로부터 독립을 선언했다.

현재 보리스 옐친 대통령은 산적한 일과 정치적인 문제로 인해 체첸자치공화국의 독립 문제에 적극적으로 대처하지 못하고 있었다.

하지만 옐친은 체첸공화국의 독립을 절대 허락하지 않는다고 공식적으로 선언했다.

경상북도만 한 넓이의 체첸의 독립을 용납할 수 없는 가장 큰 이유는 바로 송유관 때문이다.

세계 최대 규모의 유전으로 떠오르고 있는 카스피해 유전에서 생산된 석유는 체첸을 거쳐 러시아와 유럽으로 공급된다.

체첸이 독립할 경우 이 송유관 통과료가 국가의 가장 큰 수입원이 될 것이다.

반면 러시아는 안보 자원 중 하나인 석유 수송을 체첸에 의존해야 하는 최악의 상황에 놓이게 된다.

"내가 왜 그래야 하지?"

"우리 체첸인을 안다면 내 말을 따라야 할 것이오. 이건 협박이 아니라 외국인인 당신에게 알려주는 것이오."

체첸인은 거칠고 잔인하기로 유명하다. 12세만 넘으면

남자들은 모두 전사(戰士)로 취급받는다.

총이나 칼 등 무기에 대한 체첸인들의 집착도 유명하다.

자신과 가족은 스스로 지켜야 한다는 생각에선지 남자들은 대부분 무기를 갖고 있다.

소련 당국이 정기적으로 체첸 마을을 둘러싸고 집집마다 수색을 벌여 무기를 압수했는데, 얼마 후 다시 수색하니 또 무기가 나왔다는 일화는 유명하다.

체첸 남자들은 돈이 생기면 총부터 장만했다.

역사적으로도 볼 때에도 체첸은 저항의 역사였다.

18세기의 제정러시아는 본격적으로 팽창 정책을 펴기 시작했다.

동쪽으로는 시베리아를 지나 극동까지 진출했고 중앙아시아로도 뻗어 나갔다.

러시아의 팽창 정책은 남쪽으로 캅카스(카프카스) 지역 정복으로 이어졌다.

러시아 정복군은 1800년에 그루지야를 귀속시키고 1830년에는 캅카스 대부분을 차지했다.

그러나 카프카스산맥에 근거를 둔 유목민족의 격렬한 저항에 부딪혔다.

이들은 7세기부터 이 지역에 살고 있던 이슬람교도인 나흐(Nash)족이었는데 거칠고 사납기 그지없었다. 당시 유럽

최강의 전력을 자랑하는 러시아군이었지만 고전을 거듭해 무려 50여 년 동안 전쟁이 계속됐다.

나흐족 중 서부에 거주하던 주민들은 그나마 일찌감치 손을 들었지만, 동부에 거주하던 나흐족은 끝까지 항쟁을 멈추지 않았다.

이때부터 러시아는 동부 나흐족을 체첸인으로, 서부 나흐족은 잉구슈인으로 부르며 구분하기 시작했다.

체첸인이 역사에 처음 등장하면서부터 러시아와 체첸의 길고 질긴 악연이 시작된 것이다.

러시아군이 체첸인들의 격렬한 저항에 얼마나 몸서리쳤으면 체첸의 수도를 그로즈니라고 불렀겠는가.

체첸의 수도 그로즈니는 러시아어로 '무서운 곳' 이라는 뜻이다.

더구나 러시아마피아 중 최대 패밀리가 바로 체첸마피아다.

체첸마피아는 서로에 대한 유대 관계가 강했다.

현재 그루지야마피아와 아제르바이잔마피아 등이 세력을 급속히 키우고 있었다.

러시아 범죄조직은 몇몇 지역을 빼고는 공교롭게도 캅카스계가 휩쓸고 있다.

"지금 날 협박하는 건가?"

"아니요. 난 비즈니스를 하자는 것이오. 충분히 당신이 힘이 있다는 것을 알았으니까."

"난 손해 보는 장사를 하지 않은 사람이다."

"당신이 남한 사람이라는 걸 알고 있소. 우리가 북한에 대한 고급 정보를 넘기겠소. 또한 지금 벌어진 일은 없던 것으로 하겠소이다. 단지 그 통장과 서류만 넘겨주시오."

올렉은 지하에서 발견된 돈과 귀금속에 대해서는 말을 하지 않았다.

더구나 북한이라는 말에 난 호기심이 일었다.

어차피 내가 이 통장을 가지고 있어봤자 돈을 찾을 수도 없었다.

통장에 설정된 비밀번호와 함께 돈을 찾을 수 있는 증명서가 있어야만 가능했다.

아직 전 세계적으로 인터넷망이 발달하지 않은 덕분에 인터넷 뱅킹은 가능하지 않았다.

솔직히 체첸마피아를 적으로 돌릴 이유가 없었다.

러시아에서의 사업을 위해 대외적으로 힘을 과시해야 하는 이유로 샬리 조직을 친 것이다.

물론 나의 목숨을 노린 대가를 치르기 위한 것도 있다.

"좋다. 대신 날 노린 의뢰인 대해 알려주어야 한다. 그리고 우리를 습격했을 때에 보았던 안동식이란 동양인에 대해서도 정보를 가지고 와라. 그러면 이 물건들을 돌려주겠다."

"안톤과 함께 당신을 찾아가겠소. 그리고 현재 벌어지고 있는 체첸과 러시아 조직 간의 항쟁에 참여하지 마시오."

모스크바를 차지하기 벌어지고 있는 마피아 간의 전쟁은 점점 치열해지고 있었다.

"난 사업가지 마피아가 아니다."

"이들이 마피아가 아니란 말인가?"

중무장한 채 주변에 서 있는 대원들은 모두 얼굴을 드러내지 않기 위해 마스크를 쓰고 있었다.

"우리 회사가 운영하는 보안경비대들이다."

"놀랍군."

올렉의 말처럼 러시아의 특수부대와 같은 중무장한 경비대를 운영하는 회사가 없었다.

다들 경비원들은 있었지만 대다수가 권총을 소지할 뿐이었다.

지금 눈앞에 있는 인물들이 보여준 실력은 여태껏 상대했던 어떤 조직보다 무서울 정도로 전투 능력이 뛰어났다.

"그럼 우리는 떠나겠다. 희생자가 생긴 건 어쩔 수 없는 일임을 알고 있을 것이다. 앞으로 이러한 희생이 나오질 않길 바란다."

"약속을 지켜주면 우리도 약속을 지킬 거이오. 체첸인은 거짓을 말하지 않소."

"그건 두고 보면 알겠지."

우린 건물 창고에서 나온 무기들과 현금이 든 금고를 타고 차에 실었다.

올렉은 지하실에서 나온 물건에 대해서는 말을 꺼내지 않았다.

앞으로 코사크의 대원이 늘어나면 요긴하게 쓰일 무기였다.

나는 이번 작전에 참여한 모든 대원에게 미화로 3천 달러씩 나누어 주었다.

대원들이 석 달을 열심히 일해야 받을 수 있는 큰돈이었다. 더구나 미국 달러는 러시아에서 귀한 대접을 받았다.

생각지도 못한 돈을 받아 든 대원들의 표정에는 나에 대한 신뢰가 가득했다.

어느 순간 나는 채찍과 당근을 모두 사용할 수 있는 위치에 올라 있었다.

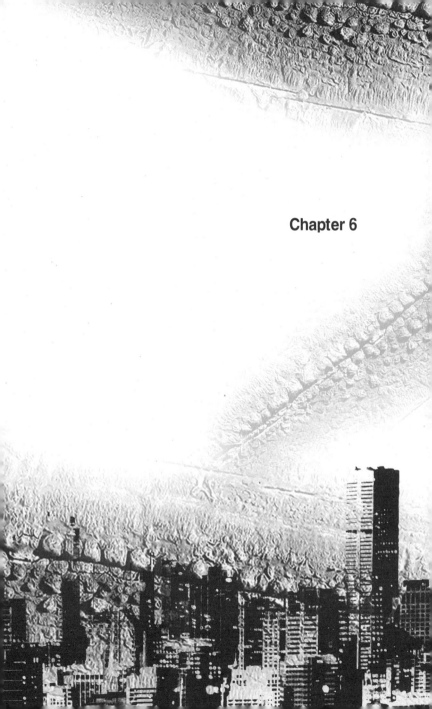

Chapter 6

　정확하게 하루가 지난 다음 날 샬리의 두목인 안톤과 올렉, 그리고 두 사람을 호위하는 다섯 명의 체첸마피아가 나를 찾아왔다.

　안톤은 삼십 대 중반의 나이로 왼쪽 눈 옆으로 깊게 패인 상처가 나 있었다.

　상처는 악수하기 위해 내민 오른 손등에도 선명하게 보였다. 총상으로 보이는 상처였다.

　그가 지금의 자리에 오르기까지 얼마나 험난한 과정을 지나왔는지를 여실히 보여주는 모습이었다.

나는 회의실에서 안톤과 단둘이 이야기를 나누었다.

"우리가 큰 실례를 저질렀습니다."

안톤은 나에게 먼저 굽이고 들어왔다.

내가 가진 힘과 내 뒤에 있는 권력의 배경을 알게 된 것이다.

안톤이 누구한테 들었는지는 모르지만 옐친 대통령 비서실장인 세르게이가 날 밀어주고 있다는 것을 전해 들은 것이다.

체첸마피아나 러시아마피아도 자신들의 뒤를 봐주는 관리들이 있었지만 대통령 비서실장인 세르게이에게는 비할 바가 아니었다.

세르게이는 현재 러시아에서 권력의 실세로 떠오르고 있었다.

하지만 안톤은 나의 진정한 후원자가 보리스 옐친이라는 것은 알지 못했다.

"내가 원하는 것을 가지고 왔습니까?"

"원하시는 것 중에서 하나만 정확하게 알고 있습니다. 우리에게 의뢰를 한 인물은 저도 정확하게 알지 못합니다. 제가 만났던 인물도 중간에 다리를 놓아주었던 인물일 뿐이었습니다. 그리고 원하시는 안동식이라는 인물은 현재 메트로폴 호텔에 머물고 있습니다. 그 또한 의뢰인이 우리에 붙여준 인물이었습니다."

안톤이 내민 쪽지에는 안동식이 머물고 있다는 메트로폴 호텔의 객실 번호가 적혀 있었다.

"당신의 말을 신뢰할 수 있는 증거가 있습니까?"

"잠깐 실례를 범하겠습니다."

안톤은 안주머니에서 무언가를 꺼내어 나에게 내밀었다. 여러 장의 폴라로이드 사진이었다.

그 사진 속에는 한 남자를 무참하게 고문하는 모습이 담겨 있었다.

"이자가 누구입니까?"

"저희에게 강 대표님의 의뢰를 주선했던 인물입니다."

안톤은 내가 회사에서 어떻게 불리는지도 알고 있었다. 날 공격하기 이전에 이미 조사가 있었던 것 같았다.

"이자를 고문했습니까?"

"예, 놈으로 인해서 저희 조직은 큰 타격을 입었습니다. 대표님이 어떤 위치에 있는지 알았다면 저희는 이번 의뢰를 받아들이지 않았을 것입니다. 놈은 어젯밤 모스크바 강의 물고기 밥이 되었습니다. 하지만 놈도 최종 의뢰인에 대해 자세히 모르고 있었습니다."

마지막 사진에는 정말로 깨진 얼음 속으로 사진 속 인물을 내던지는 모습이 찍혀 있었다.

체첸마피아의 잔혹성이 그대로 드러나는 사진이었다.

안톤이 이끄는 샬리 조직은 그의 말처럼 나를 공격한 대가로 조직원 절반 이상이 사망하거나 중상을 입었다.

더구나 샬리 조직의 자금원이 되는 마약과 무기를 모두 잃어버렸다.

가장 큰 문제는 다른 체첸마피아들과 연관되어 있는 중요한 서류와 통장을 나에게 빼앗긴 것이다.

자칫 조직의 붕괴는 물론 자신들의 목숨도 위태로울 수 있는 일이었다.

안톤의 말이 사실이라면 심각한 문제였다.

내 목숨을 노리는 정체를 알 수 없는 미지의 인물이 있다는 것이다.

"약속했던 북한의 정보입니다."

안톤이 내민 서류 봉투에는 A4용지 한 장과 사진 두 장이 들어 있었다.

남자와 여자 사진으로 남자는 사십 대 초반이었고 여자는 이십 대 중반으로 보였다.

A4용지는 은행계좌 옆으로 돈이 입금된 날짜들이 쭉 나열되어 있었다.

"이게 무엇입니까?"

"북한이 핵물질을 얻기 위한 거래 내용입니다. 북한은 세 개의 핵폭탄을 제조할 수 있는 핵물질과 설계도를 손에 넣었습니다. 조만간 북한으로 가지고 들어갈 것입니다."

안톤이 말한 핵물질은 핵무기 제조에 필요한 우라늄, 플루토늄 등 특수 핵분열성 물질 및 토륨 등의 원료 물질을 말한다.

안톤의 말이 사실이라면 이건 심각한 상황이었다.

핵무기는 북한이 미그-29기의 생산 기술과 15대의 완성된 전투기를 얻는 것과는 차원이 다른 문제였다.

북한은 이미 소련의 쿠데타 실패 이후 사회주의체제 유지를 위해 핵무기를 보유키로 결정한 사실을 알리고, 중국 측의 동의를 얻기 위해 김용순 노동당비서가 극비리에 북경을 방문해 중국공산당 대외연락부장을 만났다.

북한의 후견인 노릇을 하던 소련이 무너지자 북한은 더욱 중국공산당을 의지하게 되었다.

북한은 이전부터 동독과 루마니아 공산 정권으로부터 핵무기 개발 전문가들과 농축 우라늄 등을 지원받아 핵무기를 자체 개발하려고 노력 중이었다.

하지만 그에 필요한 충분한 핵물질들을 얻지 못했다.

"지금 한 말이 사실입니까?"

"물론입니다. 그에 대한 증거가 저희에게서 손에 넣으신 통장입니다. 하지만 저희 조직은 이와 관련이 없습니다."

안톤의 말처럼 A4용지에 적혀 있는 돈이 흘러들어 간 계좌는 최종적으로 이스라엘에 위치한 은행이었다.

"그럼 다른 조직이 연관되었다는 것입니까?"

"제가 정확하게 말해드릴 수는 없습니다. 하지만 부정은 하지 않겠습니다. 저희가 약속했던 것을 다 말씀드렸습니다. 이제 가져가신 물건을 넘겨주십지요."

"한 가지만 더 물어보겠습니다. 사진에 있는 인물들이 북한으로 핵물질을 운반하는 겁니까?"

"그렇게 알고 있습니다."

순간 내 질문에 대답하는 안톤이 사진 속 북한인의 행방을 알고 있다는 느낌이 들었다.

사진 속 북한인들의 행방을 알아야 했다.

"이들의 행방을 알고 있으면 알려주시오. 그러면 나 또한 체첸공화국과 관련된 중대한 일 한 가지를 알려주겠소."

내 말에 안톤의 표정이 달라졌다.

자신의 고국인 체첸과 관련된 것에 민감하게 반응한 것이다.

"저는 그들의 행방을 알지 못합니다. 하지만 그들의 행방을 알고 있는 인물을 알고 있습니다. 그걸 원하신다면 먼저 체첸과 관련된 이야기를 들려주십시오."

"내 말이 값어치가 없을 것 같아서 그렇습니까?"

마피아들 간에서도 정보는 큰돈이 되는 사업 아이템 중 하나였다.

이미 안톤은 충분히 나에게 자신이 찾고자 하는 물건에 대한 값을 전달했다고 생각했다.

"그런 것은 아닙니다. 제가 이들의 행방을 알아내기 위해서는 상당한 값을 치러야 하는 상황이라서 그렇습니다."

"좋소. 먼저 말해주겠소. 1994년 12월쯤 러시아가 체첸공화국을 침공할 것이요."

실질적으로 러시아군은 1994년 12월 11일에 체첸공화국을 1차적으로 침공했다.

그리고 5년이 지난 1999년 여름 러시아의 2차 침공이 이어졌다.

"방금 뭐라고 말씀하셨습니까?"

"러시아가 체첸공화국을 침공한다고 말했습니다. 러시아는 절대로 체첸공화국의 독립을 허락하지 않을 것입니다."

우크라이나와 카자흐스탄, 아르메니아 등 체첸 주변에 있는 국가들의 독립에 영향을 받아 체첸자치공화국도 독립을 선언했다.

하지만 연간 260만 톤의 원유를 생산하는 것은 물론 카스피해 연안의 원유송유관이 지나는 체첸지역의 독립을 러시아는 허락할 수 없었다.

"지금 하신 말씀이 확실합니까?"

"90% 이상의 확신을 가지고 말한 것입니다."

지금까지 경험으로는 역사가 달라지긴 했어도 큰 맥락에서는 변함없었다.

"혹시 러시아 정부 관계자에게 들었습니까?"

"그건 말할 수 없습니다. 하지만 내 말은 절대 틀리지 않을 것입니다. 만약 내가 말한 대로 러시아가 침공하지 않는다면 안톤 씨가 정보를 얻기 위해 주어야 하는 대가의 열 배를 돌려주겠소이다."

나는 안톤에게 조건을 달았다. 그는 잠시 고민을 하는 표정을 지었다.

이십여 초 정도 시간이 흘렀을 때 즈음 안톤이 입을 열었다.

"좋습니다. 2년의 시간에 열 배라면 나쁘지 않은 장사가 될 수 있겠습니다. 전화 한 통만 쓰겠습니다."

그러자 안톤이 흔쾌히 내 조건을 받아들였다.

러시아에서 큰 사업을 벌이고 있는 내가 모스크바를 한순간에 떠나거나 철수할 수는 없었다.

내 말이 틀린다면 안톤은 열 배의 대가를 충분히 회수할 수 있을 것이다.

"마음대로 쓰십시오."

내 말에 안톤은 수화기를 들고는 어딘가에 전화를 걸었다.

그리고 3분 정도 통화를 하고는 책상에 있는 메모지에 무언가를 적었다.

전화를 끊고 나자 안톤은 메모지를 나에게 건넸다.

"아직 두 사람이 모스크바를 떠나지 않았다고 합니다."

메모지에는 주소가 적혀 있었다.

"고맙소. 이건 내가 건네주기로 한 것이오."

나 또한 책상 서랍을 열어 그들에게 빼앗은 통장과 서류철을 넘겼다.

그리고 돌아가는 안톤에게 그의 아지트에서 가져온 귀금속과 무기 절반을 건네주었다.

나머지 무기와 미국 달러는 날 공격한 대가로 남겨두었다.

샬리 조직에서 얻은 2백 5십만 달러에 달하는 현금은 코사크의 운영 자금으로 요긴하게 쓸 예정이다.

＊　　　＊　　　＊

안톤에게서 받은 자료를 갖고 한나절을 고민했지만 어떻

게 처리해야 할지 답을 찾을 수 없었다.

나는 고심 끝에 김만철, 일린과 함께 안톤이 말한 북한인이 머무는 메트로폴 호텔로 향했다.

호텔 내에 위치한 바로 향한 나는 로얄살루트 21년산을 시켰다.

러시아가 자랑하는 캐비어(철갑상어 알)와 함께 나온 양주를 마시며 안톤이 안겨준 고민에 대해 논의했다.

"후! 어떻게 해야 할지 모르겠습니다."

괜한 고민을 안게 된 것 때문인지 술을 마시지 않으면 안 될 정도로 답답했다.

김만철이 따라주는 술을 연거푸 마셨지만 취기가 올라오지 않았다.

"우리가 나설 일이 아닙니다. 잘못하면 대표님이 북한의 표적이 될 수 있습니다."

한때 해외 공작을 적지 않게 참여했던 김만철은 북한이 펼치는 해외 공작을 누구보다 잘 알고 있었다.

특히나 핵 문제는 상당히 민감했다.

내가 나선다면 북한은 김만철의 말처럼 날 가만두지 않을 것이다.

북한은 핵에 관해서 상당한 집착을 보이고 있었다.

이번 핵물질과 핵폭탄 설계도 입수에 관한 작전은 김정

일의 특별지시로 오극렬 노동당 작전부장(북한 인민군 대장)이 지휘하는 작전부와 35호실(대외정보조사부)가 합동으로 벌이는 일이었다.

작전부는 평양의 모란봉구역 전승동 노동당 3호 청사에 자리 잡고 있다.

대남 및 대외공작부서로서 남한과 제3국에 비합법적으로 침투하는 공작요원을 일정한 장소까지 안내하는 임무와 요인 암살 및 납치, 군사 정찰 폭파 등의 임무를 수행한다.

35실은 평양시 창광거리에 위치한 35호실은 과거 대외정보조사부의 후신으로서 각종 테러 및 대남·해외 정보를 수집하고 해외 인사를 포섭·매수해 남한으로 투입하는 등 대남 우회 침투 활동을 주로 한다.

해외간첩공작과 국제·대남테러공작 등도 35호실의 주요 임무로 홍콩, 싱가포르 등 아시아 지역과 베를린, 파리, 모스크바 등 주요 도시에도 공작 거점을 두고 있다.

호텔 프런트에 두 사람의 행적을 알아보고 온 일린이 술자리에 합석했다.

"두 사람 다 호텔 내에 머물고 있습니다. 체크아웃은 내일모레라고 합니다."

일린은 김만철이 따라주는 술을 술잔에 받으며 말했다.

"음, 아직 원하는 것을 모두 얻지 못했나?"

안톤의 말로는 두 사람이 내일 모스크바를 떠날 것이라고 말했다.

두 사람은 핵물질과 설계도를 평양으로 가져가려고 모스크바에 온 것이다.

단 두 사람만 움직인 것은 러시아를 비롯한 서방 정보 당국과 한국의 안전기획부의 눈을 의식해서였다.

두 사람의 러시아 방문 목적도 친지 방문으로 되어 있었다.

"떠나는 날이 내일이라고 하셨지요?"

김만철이 내게 물었다.

"안톤이 그렇게 말했습니다."

"두 가지의 경우일 수 있습니다. 말씀하신 대로 원하는 물건을 전부 손에 넣지 못했을 경우와 외부에 혼선을 주기 위해서 날짜를 변경해 움직임일 수도 있습니다."

김만철의 말이 맞을 것이다.

두 사람은 지금 극도로 조심해야 할 상황이었다.

"호텔에 머문 나흘 동안 특별한 일이 아니면 외부로의 외출이 거의 없었다고 합니다."

일린이 잔에 담긴 술을 단숨에 들이켜며 말했다.

"이 사실을 안기부에 넘기면 어떻겠습니까?"

나는 일린에게 술을 따라주며 말했다.

"그 애들은 이곳에서 힘을 쓰지 못할 것입니다. 여긴 작전부 놈들이 자기들 앞마당처럼 생각하는 곳입니다."

김만철의 말처럼 모스크바는 구소련 시절부터 북한의 해외공작부대가 활발하게 활동했던 곳이다.

지금도 북한에서 파견된 수십 명의 공작원이 변함없이 활발하게 움직이고 있었다.

재작년에 소련과 처음 국교를 수립하고 대사관을 설립한 한국은 아직까지는 북한의 해외공작대처럼 뿌리를 깊게 내리지 못했다.

"그럼 미국 쪽은 어떨까요?"

미국은 핵무기확산에 가장 민감하게 반응하는 나라였다.

전 세계에 이미 핵무장을 한 나라들 이외에는 더는 핵무기를 갖지 못하게 국제적인 압력과 공작을 펼치고 있었다.

만약 북한이 핵무기를 가지게 된다면 한국과 일본도 핵무장을 할 수 있는 여건이 마련되는 것이다.

이러한 시나리오는 동북아의 균형이 틀어지는 결과였고 미국이 원하는 것이 아니었다.

"미국 놈들은 더더욱 믿을 수가 없습니다."

김만철은 미국에 대해 상당한 적대감을 드러냈다.

정말 이러지도 저러지도 못하는 상황이었다.

그때 동양인으로 보이는 한 여자가 바에 들어섰다. 두렷

한 이목구비를 가진 미인이었다.

바 주변을 살펴본 여자는 우리가 앉아 있는 반대편 테이블에 자리를 잡았다.

우리 세 사람은 여자의 등장에 일순간 말을 멈췄다.

그녀는 다름 아닌 안톤이 건네주었던 사진 속 북한 공작원이었다.

Chapter 7

전혀 예상치 못한 여자의 등장에 어떻게 대처할지 몰랐다.

김만철과 일린도 사진을 봤기 때문에 여자의 정체를 바로 알아챘다.

웨이터에게 술을 주문한 여자는 천천히 바의 손님들을 살폈다.

넓은 바에는 우리와 함께 젊은 남녀만 있을 뿐이었다.

그녀의 시선이 우리 쪽으로 향하는 것이 느껴졌다.

"우리를 쳐다보는데요."

일린이 술잔을 들며 말했다.

"조심할 수밖에 없으니까. 답답한 모양이었나 보네, 바를 찾은 걸 보니."

김만철 또한 술잔에 담긴 술을 마시며 말했다. 김만철은 여자와 등을 지고 있었지만 앞쪽 거울에 비친 여자의 얼굴을 보며 말했다.

"후! 어떻게 해야 할지 답답하네요. 그냥 두자니 찜찜하고 이 사실을 정보기관에 알리면 정보의 출처에 대해 의구심이 생겨 저를 닦달할 것 분명하고 할 테고. 우리가 나서자니 북한과 충돌할 위험이 있으니 말입니다."

사업을 하기 위해 러시아에 진출했지만 옐친과의 인연이 만들어지자 그와의 관계를 이용하려고 안기부와 미국의 정보부에서 접근했다.

지금 가진 정보와 자료들을 고스란히 안기부나 서방 정보기관에 넘긴다면 지금보다도 더 많이 그들에게 시달릴 것이다.

정보의 출처와 습득한 경로까지 상세한 것을 요구할 것이 뻔했다.

그러다 보면 사업상 알리지 말아야 하는 것들도 말할 수밖에 없게 된다.

득보다는 실이 많은 계륵 같은 정보를 손에 넣은 것이다.

그렇다고 북한에 핵물질과 핵폭탄 설계도가 넘어가는 것을 이대로 볼 수만도 없는 일이었다.

"우리가 제시할 증거 자료는 통장에 입금된 자금 흐름과 두 사람의 사진이 전부입니다. 구체적으로 어디에서 핵물질과 설계도를 입수한 정보가 없으면 우리 말을 믿지 않을 수도 있습니다. 더구나 지금 등장한 아이의 신상 정보도 남쪽은 갖고 있지 않을 것입니다. 제 경험상 이 작전에 투입된 남자도 전혀 새로운 인물일 것입니다."

한국의 국가안전기획부나 미국의 정보기관도 북한 공작원에 대한 신상 파일을 그다지 많이 갖고 있지 않았다.

남한에 침투한 간첩을 잡거나 남한에 전향한 북한정보부 관련 인물을 통해 신상 파일이 업데이트되었지만 북한에 대한 정보는 늘 부족한 상태였다.

김만철의 말처럼 각 나라의 정보부의 눈을 피하고자 새로운 인물을 동원했을 가능성은 충분했다.

여자는 주문한 칵테일을 마시고는 자주 시계와 바 입구를 쳐다보았다.

누군가를 기다리는 듯한 모양새였다.

그때였다.

한 남자가 다급하게 바 입구로 들어왔다.

주변을 둘러보던 남자는 곧바로 여자가 앉아 있는 테이

블로 향했다.

등장한 남자는 샬리의 두목 안톤이 건네준 사진 속 인물이었다.

남자의 표정이 몹시 다급하고 위태로워 보였다.

그는 테이블에 앉은 여자와 이야기하는 모습에서 초조한 표정을 감추지 못했다.

두 사람이 주고받는 이야기는 들리지 않았지만 무언가 잘못된 것이 분명했다.

여자 또한 남자의 말에 표정이 달라지는 것이 보였다.

"상황이 이상하게 돌아가는 것 같습니다."

일린의 말이었다.

그의 말처럼 남자의 말에 여자는 몹시 화를 내는 표정까지 지어 보였다.

"뭔가 확실히 잘못된 것 같습니다."

"배달 사고가 났을 수도 있습니다. 누구와 거래를 한 것인지는 모르지만 초보들이 항상 조심해야 할 상황이지요."

경험이 부족한 공작원들이 저지르는 실수 중에 하나가 노련한 거래인들과의 거래였다.

불법적인 무기를 파는 무기상들은 항상 상대방의 위치와 능력을 가늠했다.

상대방이 함량 미달의 인물이라면 거액의 거래 금액을

그대로 꿀꺽하는 경우도 허다했다.

무언가를 두고 실랑이를 벌이던 두 사람은 결국 자리에서 일어나 황급히 바를 벗어나려고 했다.

그때였다.

바 입구에 두 명의 인물이 나타나 두 사람에게 접근했다.

남자는 이미 상대에 대해 알고 있는 것 같았다.

새롭게 나타난 두 명의 인물이 두 사람을 호위하듯 자리를 떴다.

우리도 두 사람을 따라 자리에서 일어났다. 그들이 어디로 향하는지 알고 있어야만 했다.

계산을 마치고 그들이 향한 곳으로 나서려는 순간 호텔 밖에서 요란한 총소리가 들려왔다.

타타타탕! 타탕!

바를 나섰던 여자가 다급하게 호텔 문을 열고 안으로 들어오는 것이 보였다.

그녀를 쫓아 두 명의 인물이 호텔 로비로 들이닥쳤다.

그들 또한 동양인이었고 권총을 소지하고 있었다.

여자는 곧장 내가 있는 쪽으로 달려왔다.

호텔 로비는 한산했지만 지금 벌어진 일로 호텔 직원과 로비에 있던 사람들 몇몇이 비명을 지르며 대피했다.

남자들은 여자를 사로잡을 생각인 것 같았다. 그들의 복장과 모습으로 보아 북한 공작원으로 보였다.

무엇 때문에 자신의 동료를 잡으려고 하는지는 알 수 없었다.

그녀가 우리를 지나쳐 술을 마셨던 바로 향할 때에 김만철과 일린이 움직였다.

갑작스러운 두 사람의 움직임에 여자를 잡으려고 했던 인물들이 반응했지만, 전혀 예측하지 못한 일이라 즉각적인 대처를 하지 못했다.

전광석화 같은 김만철과 일린의 동작은 군더더기가 없었다.

퍽! 쿵!

여자를 쫓던 두 명의 인물 모두가 그대로 바닥에 쓰러졌다.

둘 다 여자에만 신경 쓴 결과였다.

나는 곧장 여자를 쫓았다. 바에 들어서는 순간 무언가 내 머리를 향해 날아왔다.

고개를 숙여 간신히 머리를 가르고 지나가는 물체를 피했다.

날 공격한 인물은 바에 피신한 여자였다.

그녀의 손에는 바에서 사용하는 칼이 쥐어져 있었다. 날 자신을 잡으려고 하는 인물로 착각한 것 같았다.

"잠깐만! 전 당신을 해치려는 사람이 아닙니다."

나의 말에 그녀의 움직임이 멈췄다.

"…남한 사람입니까?"

내 말투에 그녀가 물었다.

"예, 러시아에서 사업하는 사람입니다. 당신을 쫓던 사람은 저희 직원이 처리했습니다. 진정하세요."

그녀는 여전히 날카로운 칼을 쥐고 있었다.

"혹시 남한 공작원이 아닙니까?"

여자는 날 의심에 눈초리로 보았다.

"아닙니다. 전 단지 이곳에서 술을 마시러 온 것뿐입니다."

그때 김만철이 바 안으로 들어왔다.

"이곳을 빨리 떠나는 게 좋을 것 같습니다. 호텔 밖이 엉망입니다."

메트로폴 호텔 밖에는 네 명의 인물이 피를 흘린 채 쓰러져 있었다.

"저도 좀 데리고 가주세요."

여자는 다급한 표정으로 말했다.

김만철이 여자의 말에 나를 쳐다보았다. 난 고개를 끄떡이며 어쩔 수 없다는 표정을 지었다.

"후! 난 정말 모릅니다. 이번 일은 대표님이 책임져야 합니다."

북한 공작대의 집요함을 잘 아는 김만철이 한숨을 내쉬며 말했다. 지금의 결정에 어떤 결과로 이어질지 아무도 몰랐다.

"알았습니다. 제가 책임지겠습니다. 어서 갑시다."

우리는 재빨리 호텔 로비를 거쳐 호텔에 사용하는 물품을 들이는 뒷문으로 향했다.

일린은 이미 주차한 차량을 몰고서 우리를 기다리고 있었다.

차에 탑승하자마자 승용차는 빠르게 호텔을 벗어났다.

*　　　*　　　*

여자의 이름은 박상미였다.

북한의 작전부에 속한 인물로 어린 시절부터 외교관인 아버지를 따라 외국에서 생활했다고 한다.

하지만 가족들이 뜻하지 않은 자동차 사고로 모두 사망하자 그녀는 작전부에 들어가 공작원 훈련을 받았다.

러시아어와 영어를 구사할 줄 아는 재원이었기 때문이다.

불안해하는 박상미를 안정시키기 위해 뜨거운 커피에 보

드카를 섞어주었다.

"이곳은 우리 회사 건물입니다. 들어오실 때 보신 것처럼 쉽게 침입할 수 없는 곳입니다."

그녀를 스베르 건물로 데려왔다.

건물로 들어오는 입구 쪽에는 경비초소가 세워져 있어 낯선 인물의 접근을 막았다.

오히려 이곳이 아르바트 거리에 있는 도시락 지사보다 안전했다.

스베르 건물 내에는 중무장한 경비원들이 항상 상주하고 있었다.

스베르에는 금괴와 함께 지켜야 할 값비싼 물건이 많았기 때문이다.

"도와주셔서 고맙습니다."

"한데 함께 나갔던 남자분은 어떻게 되신 것입니까?"

"총에 맞았습니다."

그녀는 자신에게 일어난 일이 믿기지 않은 것 같았다.

"그러면 함께 움직였던 사람들은 누구입니까?"

박상미를 호위하듯 움직이는 인물들이 있었다.

나의 질문에 그녀는 바로 대답을 하지 않고 뜸을 들였다.

"대답하기 싫으면 하지 않아도 됩니다."

"아니에요. 전 이미 돌이킬 수 없는 길을 선택했으니까요. 그들은 남한의 안기부 요원들이었습니다."

박상미의 입에서 놀라운 말이 나왔다.

"그들은 어떻게 되었습니까?"

"그 사람들도 작전부 요원들에게 당했습니다. 그들은 김종민 동지가 데려온 사람들이었습니다."

박상미와 함께 북한에서 파견된 인물의 이름이 김종민이었다.

이미 국가안전기획부가 움직이고 있었다.

하지만 안기부 요원들의 움직임이 북한의 작전부의 인물들에게 노출된 것이다.

"어떻게 된 일인지지 정확하게 말해줄 수 있습니까? 지금 잘못하면 저희도 위험에 처할 수 있습니다."

갑작스럽게 벌어진 일이었기에 박상미를 도울 수밖에 없었다.

문제는 상황이 심각하게 돌아가고 있다는 것이다.

"저희는 북한에서 파견된 공작원입니다. 김종민 동지와 저는 핵폭탄 설계도와 핵물질을 얻기 위해……."

박상미가 꺼낸 이야기는 샬리의 두목 안톤이 말한 것과 같았다.

하지만 두 사람은 핵폭탄 설계도는 손에 넣었지만, 핵무기를 제조할 수 있는 핵물질은 체첸마피아에게 사기를 당했다고 말했다.

천만 달러를 이미 지급한 상태에서 두 사람이 손에 넣은 것은 핵물질이 아닌 핵폐기물이었다.

사태를 수습하기 위해 김종민이 나섰지만 원하는 결과를 얻지 못했다.

북한으로 돌아가면 두 사람 다 작전 실패에 대한 책임을 지고 숙청될 수밖에 없는 상황이었다.

결국 김종민이 선택한 것은 남한의 국가안전기획부에 자신의 몸을 의탁하는 것이다.

비밀리에 안기부와 접촉에 성공한 김종민은 박상미를 설득하기 위해 호텔로 돌아온 것이다.

하지만 두 사람은 북한의 작전부가 자신들을 감시하고 있다는 것을 알지 못했다.

"저는 북한으로 돌아가도 반겨줄 사람이 없어요. 김종민 동지도 마찬가지였지요."

두 사람 다 이번 작전에 참여한 이유는 능숙한 외국어 능력이었다.

김종민 독일어와 영어, 그리고 불어를 능숙하게 했다.

박상미는 러시아어를 현지인처럼 사용했고 영어에도 능했다.

두 사람의 뛰어난 외국어 실력과 세련된 외모 덕분에 북한 사람으로 보이지 않았다.

그들이 러시아에 입국하기 위해 사용한 여권은 일본 여권이었다.

"그럼 두 사람 다 남한에 몸을 의탁하려고 한 것이었네요?"

"김종민 동지가 강력히 원했어요. 전 바에 있을 때까지도 결정하지 못하고 있었죠. 작전이 잘못된 순간부터 모든 게 두려웠어요."

박상미는 아직도 불안한 모습을 감추지 못했다.

메트로폴 호텔 입구에서 북한의 작전부 소속 공작요원들의 공격을 받은 것이다.

가슴에 총을 맞은 김종민은 그 자리에 죽었다.

호위를 맡은 세 명의 국가안전기획부 소속 요원 중 두 명은 사망했고 한 명은 중상을 입었다.

두 사람이 향하려고 했던 곳은 모스크바시에 위치한 한국대사관이었다.

북한의 작전부나 남한의 국가안전기획부가 이번 일로 비상이 걸린 상태였다.

사라진 박상미의 행방을 좇기 위해 양쪽 요원들 모두가 모스크바를 뒤지고 있었다.

"당분간은 이곳에 계셔야 할 것 같습니다. 한데 핵폭탄 설계도는 누가 가지고 있었습니까?"

"제가 지금 가지고 있어요."

박상미는 내 물음에 순순히 답했다. 그리고는 그녀가 들고 있던 가방에서 립스틱을 꺼냈다.

립스틱을 밀어 올리는 밑 부분을 왼쪽으로 돌리자 아래에서 새끼손톱보다 작은 마이크로필름이 떨어졌다.

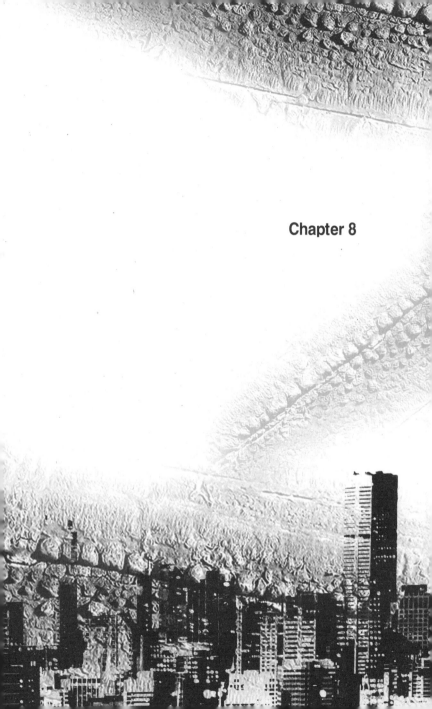

Chapter 8

늦은 밤 모스크바의 옥타브리에 위치한 KGB의 후신인 러시아국가안전부(MBR)의 불이 환하게 밝았다.

"무슨 일이냐?"

신경질적인 질문을 던지는 인물은 러시아국가안전부의 부국장 레프 표도로프였다.

현재 그는 KGB의 해체에 따른 정보 공백을 최소화하기 위해 노력 중이었다.

표도로프의 질문을 받은 인물이 그에게 사진을 내보였다.

"메트로폴 호텔에서 총격전이 벌어졌습니다."

사진 속에는 총에 맞아 쓰러져 있는 동양인들이 보였다.

"또 마피아들인가? 한동안은 그놈들을 내버려 두기로 했잖아."

"마피아가 아니었습니다. 남한의 국가안전기획부의 인물들이 북한의 작전부 요원들에게 당했습니다."

"이놈들이 남의 나라에서 다시 전쟁이라도 벌이자는 건가. 이유가 뭐냐? 웬만해선 서로 충돌을 피하고 있었잖아?"

국가안전기획부는 북한의 공작원들과 마찰을 벌이지 않으려고 했다.

아직은 안기부 요원들이 모스크바에서 북한의 작전부에 비해 열세의 위치에 놓인 것이 컸다.

"안기부에서 북한 쪽 중요 인물과 접촉이 있었던 것 같습니다."

"모스크바에 북한의 인사가 입국했었나?"

표도로프가 책상에 놓인 담배를 꺼내며 물었다.

"눈에 띌 만한 인사가 입국한 적은 없습니다."

"중요 인사가 아닌데 호텔에서 총질을 했다? 후우!"

담배 연기를 뿜어내는 표도로프의 눈동자가 반짝였다.

"안기부 요원 둘이 죽고 한 명이 중상을 입었습니다. 목격자에 의하면 한 명이 더 총에 맞아 쓰러졌는데, 현재 행방이 묘연합니다."

"세 명이 죽었다. 누가 조사를 맡고 있지?"

"4팀이 조사를 벌이고 있습니다."

"2팀을 추가로 투입해. 북한 놈들이 왜 안기부의 인물들을 공격했는지도 알아오라고. 공개적인 장소에서 총을 쏠 수밖에 없다는 것은 뭔가 매우 급한 일이 있다는 증거니까."

"알겠습니다."

보고를 마친 인물이 표도로프의 집무실을 나섰다.

그러자 표도로프는 곧바로 보안 전화를 들어 어디론가 전화를 걸었다.

외부에서 도청할 수 없는 전화기였다.

"일이 틀어졌다. 표적 하나가 사라졌다. 찾아서 확실히 마무리 지어라."

간단한 전화를 마친 표도로프는 다시금 길게 담배 연기를 뿜어냈다.

*　　　*　　　*

박상미가 원자폭탄 설계도가 들어 있는 마이크로필름을 내게 건넸다.

"이걸 누구에게서 얻었습니까?"

"우크라이나에 주둔했던 러시아 장군이라는 것밖에는 모릅니다."

"정말 여기에 핵폭탄 설계도가 들어 있습니까?"

"예, 확인했습니다."

박상미는 내 말에 고개를 끄떡이며 말했다.

"이걸 어떡하길 바라십니까?"

"저는 더 이상 위험한 물건을 몸에 지니고 싶지 않아요. 대표님께서 알아서 처리해 주세요."

박상미는 진심이었다.

마이크로필름을 소지하고 있는 한 자신이 표적이 된다는 것을 잘 알고 있었다.

"후! 이걸 어떻게 처리해야 할지 정말 난감하네요."

나 또한 뚜렷한 해결책이 떠오르지 않았다.

무작정 안기부에 이걸 넘겨주는 것도 문제가 될 수 있다는 생각이 들었다.

더는 정부 관계자들과 엮여서 좋을 것이 없었다.

"한데 앞으로 어떻게 하실 것입니까?"

"자유로워지고 싶어요. 아무도 저를 알아보지 못하는 곳에서 제가 하고 싶은 것들을 하면서요. 절 좀 도와주세요."

박상미가 한국에 정착한다고 해도 그녀를 위협하는 위험

은 사라지지 않는다.

그녀가 원하는 자유를 마음껏 누릴 수 없는 안전가옥에서 경호원의 보호 아래 살아가야만 할 것이다.

또한 그녀가 알고 있는 모든 것을 안전과 맞바꿔야만 한다.

"사업가인 제가 할 수 있는 일은 제한적입니다."

"돈을 드리겠습니다. 거래를 위한 공작금이 아직 남아 있어요."

박상미는 자신의 가방에서 통장을 꺼내 보였다. 스위스에 위치한 은행계좌였다.

계좌에는 사백만 달러가 들어 있었다.

"돈은 저도 충분합니다."

"그럼 이곳에서 벗어날 수 있게만 해주세요. 만약 작전부 놈들에게 잡힌다면 차라리 죽는 게 나아요."

박상미는 애절한 표정을 지으며 말했다.

그녀의 말처럼 그녀가 북한의 작전부 인물들에게 잡혀 북한으로 끌려간다면 인간으로서 감당할 수 없는 고문을 당할 것이다.

"방법을 찾아보도록 하지요. 당분간은 이곳에서 생활해야 할 것입니다. 필요한 것이 있으면 여기 있는 전화로 말하면 됩니다. 그럼 쉬십시오."

나는 박상미를 방 안에 두고서 밖으로 나왔다. 밖에는 김만철이 기다리고 있었다.

"뭐라고 합니까?"

"다른 나라에 가고 싶어 합니다. 죽어도 북한에는 갈 수 없다고 하네요."

"그녀의 입장에서는 당연할 것입니다. 북한으로 들어가는 즉시 세상 사람들이 상상할 수 없는 고통을 당할 테니까요."

"박상미 씨가 이걸 건네주었습니다."

나는 박상미에게 받은 마이크로필름을 김만철에게 내보였다.

"음, 공화국이 큰 모험을 벌였네요. 어떻게 하실 생각이십니까?"

"아직은 뚜렷하게 생각나는 것이 없습니다. 좀 더 방법을 찾아봐야겠습니다. 혹시 모르니 이곳 경비를 보강해야 할 것 같습니다."

"일린이 연락을 취했습니다. 세 명의 대원이 추가로 배치될 것입니다."

"오늘은 저도 이곳에 머물러야 할 것 같습니다. 안동식은 어떻게 되었습니까?"

박상미를 혼자 두고 가기가 왠지 마음에 걸렸다.

샬리 조직과 함께 우리를 습격했던 안동식의 행방이 궁금했다.

우연인지 그는 박상미와 같은 호텔인 메트로폴에 묵고 있었다.

"이미 다른 곳으로 거처를 옮겼습니다. 어쩌면 모스크바를 떠났을 수도 있습니다."

안동식의 문제는 김만철에게 일임했다.

"다음에 만난다며 확실히 매듭을 지어야 할 것입니다."

"분명 제 앞에 다시 나타날 것입니다. 그때 확실히 마무리 짓겠습니다."

안동식은 김만철을 포기하지 않을 것이 분명했다.

또한 그를 움직이고 있는 인물에 대해서도 알아야만 했다.

＊　　　＊　　　＊

박상미의 일로 인해 한국으로 들어가야 할 시간이 이틀 정도 미뤄졌다.

이제 세르게이가 부탁한 일은 이번 달 내로 처리해야만 한다.

내가 부탁했던 러시아은행의 인수와 관련된 일이 빠르게

처리되었다.

인수할 은행이 지정되었다. 내가 인수할 은행의 이름은 소빈(Sobin)뱅크였다.

모스크바 본점을 비롯하여 상트페테르부르크 등 러시아 10여 개 도시에 지점을 가지고 있었다.

저축과 대외무역, 그리고 농업금융에 치중했던 은행이었다.

인수 금액은 미화로 4백 2십만 달러였다.

세르게이가 부탁한 일을 처리하면 소빈은행에 대한 인수 금액은 크게 문제가 될 것이 없었다.

하루가 지나자 박상미는 더욱 안정된 모습을 보였다.

스베르 건물에는 중무장한 경비대원이 상주하며 24시간 경비를 서고 있었다.

박상미의 일을 처리하기 위해 김만철과 고심한 끝에 그녀를 스페인으로 보내기로 했다.

한국이나 미국은 그녀가 원하지 않았다.

그래서 그녀가 어린 시절부터 생활했었던 유럽으로 결정했다.

북한과 한국의 정보기관의 눈을 제일 잘 피할 수 있는 곳을 찾았고, 이탈리아와 스페인 중에서 박상미는 스페인을 선택했다.

박상미를 스페인으로 보내기 위해서는 우선적으로 두 가지 일을 처리해야만 했다.

먼저 러시아 국적을 취득하고 그녀의 외모를 바꾸는 성형 수술이었다.

박상미의 국적 취득과 관련된 상황은 외무부 아주국장인 포타닌에게 부탁했다.

그는 나의 부탁을 조건 없이 들어주었다.

박상미는 러시아에서 태어나고 자란 고려인으로 신분이 바뀔 것이다.

그녀의 얼굴을 바꿀 성형 수술은 러시아에서는 힘들기 때문에 성형은 일본에서 진행하기로 했다.

그녀가 성형 수술을 받고 회복하는 동안 스페인에 근거지를 마련할 생각이다.

미술을 공부하고 싶어 하는 박상미의 뜻에 따라 스페인에 위치한 미술학교도 별도로 알아보았다.

모든 것은 그녀가 소지한 돈으로 진행할 예정이다. 박상미가 소지하고 있던 돈도 이십만 달러나 되었다.

핵물질 구매가 잘못되는 순간 만약을 대비하여 김종민이 마련한 돈으로, 모두 박상미가 소지하고 있었다.

문제는 이러한 모든 일을 각 나라의 정보기관의 눈을 피해서 해야만 한다는 것이다.

모스크바는 박상미를 찾기 위해 각 나라의 정보기관들은 촉각을 곤두세우고 있었다.

                    *   *   *

　국가안전기획부에서 오전 회의를 마치고 나온 박영철 차장의 표정이 좋지 않았다.

　모스크바에서 벌어진 작전이 실패로 돌아갔기 때문이다.

　그가 직접 나서서 진행한 작전은 아니었지만 그의 부서도 간접적으로 연관되어 있었다.

　"도대체 어디로 사라진 거야."

　짜증 섞인 말을 내뱉는 박영철 차장의 말에 그에게 보고를 하던 이장수 과장이 조심스럽게 입을 열었다.

　"모스크바에서 러시아국가안전부의 활동이 강화되었다고 합니다."

　"시발! 당연한 거 아냐. 지네들 앞마당에서 우리 애들 셋이 나자빠졌는데. 다친 애는 아직도 국내에 돌아오지 못하고 있어?"

　"국가안전부에서 조사를 마치기 전까지는 출국 허가를 내주지 않는다고 합니다."

　"시발 새끼들. 북한 작전부 놈들은?"

"러시아 안전부가 움직이자 몸을 사리는 눈치입니다. 하지만 사라진 박상미를 찾기 위해 동분서주하고 있습니다."

국가안전기획부는 박상미의 이름을 알아냈다. 하지만 그것이 전부였다.

그녀에 대한 사진도 입수하지 못했다.

메트로폴 호텔에 투숙했던 그녀의 짐과 관련 정보는 러시아국가안전부가 모두 쓸어갔다.

호텔에서 일하는 직원들도 그녀에 인상착의에 대해 제대로 알고 있지 못했다.

대부분의 시간을 호텔 방에서 머물렀고 모습을 보일 때는 짙은 선글라스와 모자로 얼굴을 가렸기 때문이다.

단지 아는 것이라곤 이십 대 초반에서 중반 정도 되어 보이는 미녀라는 것뿐이었다.

"때가 되면 작전부 놈들에게도 반드시 복수해야만 해. 이대로 물러나면 놈들은 더 기고만장해지니까."

당장에라도 복수를 하고 싶은 박영철이었지만 지금은 사라진 박상미를 찾는 게 우선이었다.

"제3의 조직이 박상미를 돕고 있는 것 같습니다. 혼자서 몸을 숨긴다는 것이 쉽지 않은데 말입니다."

"다른 어떤 조직이 도움을 주든 간에 우리가 반드시 찾아내야 해. 그녀가 지니고 있던 것이 땅콩과 관련된 것 같다."

땅콩은 안기부에서 핵폭탄을 지칭하는 단어였다.

"정말입니까?"

박영철의 말에 이장수의 눈이 크게 떠졌다.

"깨어난 애랑 간신히 접촉해서 알아낸 거야. 오전 회의 때 보고가 들어왔다."

메트로폴 호텔에서 부상당한 안기부 요원은 모스크바 병원에 입원 중이었고 러시아국가안전부 인물들의 보호 아래에 있었다.

총격 사건의 조사가 끝날 때까지 현재 그와의 접촉을 막고 있었다.

"북쪽에서 큰 모험을 하는데요."

"소련과 동유럽이 무너지는 걸 두 눈으로 봤으니까. 확실한 안전장치를 찾으려고 한 거야. 핵이 있으면 미국도 자신들을 함부로 할 수 없다고 생각한 거지."

"땅콩이 확실하다면 모스크바에 전력을 기울여야 하는 것 아닙니까?"

"후! 그게 좀 복잡해졌어. 러시아 놈들이 북한뿐만 아니라 우리도 땅콩을 빼돌리려 했다고 의심하고 있어. 더구나 섣불리 움직였다가는 쪽바리도 눈치챌 수 있는 상황이야. 당분간은 지원할 수 없어."

북한이 핵폭탄에 집착하는 모습을 보이자 일본 정부는

심각하게 받아들이고 있었다.

핵폭탄이 실제로 사용되었던 나라인 만큼 일본은 핵과 관련된 것에는 병적으로 민감한 반응을 보였다.

더구나 상식 밖의 일들을 자행하는 북한이 핵폭탄에 관심을 보이는 것을 떠나서 개발을 진행하려 하자 내각정보조사실과 방위성 정보본부가 촉각을 곤두세우며 움직였다.

"인원 증원이 없다면 모스크바 팀의 피로도가 극심하겠는데요."

"지금은 할 수 없어. 이가 없으면 잇몸으로라도 버틸 수밖에 없는 상황이야."

박영철의 답답한 나머지 한동안 피지 않았던 담배를 입에 물었다.

러시아국가안전부가 눈에 불을 켜고 메트로폴 호텔에 벌어진 사건을 조사하고 있었다.

러시아국가안전부의 움직임에 미국의 정보기관도 예의 주시했다.

Chapter 9

기다리던 박상미의 러시아 신분증과 여권이 나왔다.

그녀의 신분증에 적힌 이름은 나줴즈다였다.

박상미는 그동안 머리를 자르고 금발로 염색했다. 진한
화장까지 더하자 완전히 다른 여자로 보였다.

일본에서 성형 수술 후 회복할 때까지 박상미의 경호를
위해 경비대원으로 뽑힌 율리냐가 동행하기로 했다.

나 또한 일본으로 동행해서 미쓰코시백화점 관계자와 닉
스 입점에 대한 이야기를 나누기로 했다.

박상미가 무사히 스페인으로 향하는 것을 보기 위함도

있었다.

신분증이 나오자 더 이상 모스크바에 머물 이유가 없었다.

하루라도 빨리 이곳을 벗어나야 안전했다.

곧바로 공항으로 이동할 준비를 하였다.

일본으로 출국할 인원은 나와 김만철, 그리고 박상미와 그녀를 경호할 율리나였다.

"정말 고맙습니다. 이 은혜는 잊지 않겠습니다."

박상미는 진정으로 나에게 고마움을 표했다.

"아직 안심하기 이릅니다. 스페인에 안전하게 도착하기 전까지는 조심해야 합니다."

"잘될 것이라고 믿습니다. 그리고 이건 제가 알고 있는 것들을 정리한 수첩이에요. 대표님께 도움이 될지 몰라서요. 혹시나 나중에라도 대표님이 저 때문에 곤욕을 치르시는 일이 있다면 이걸 건네주시면 될 거예요"

박상미가 스베르 건물에 머무는 동안 자신이 알고 있는 정보를 일목요연하게 적어놓았다.

그녀의 마음 씀씀이를 알 수 있었다.

며칠간 함께 생활해 온 박상미는 똑똑하고 능력 있는 여자였다.

그녀가 만약 한국에 태어났다면 자신의 이름을 날릴 수

있는 일을 했을 것이다.

"이걸 쓰는 일이 없었으면 좋겠습니다."

나는 그녀가 건넨 수첩을 받았다.

"준비가 다 되었습니다. 출발하시죠."

김만철의 말에 우리는 차를 타기 위해 1층으로 향했다.

박상미와 율리나는 택시를 타고 공항으로 가기로 했다. 가장 자연스럽게 움직이는 것이 좋았다.

두 사람은 스베르 건물 뒤편에서 여행을 떠나는 사람처럼 대절한 택시의 트렁크에 짐 가방을 넣고는 택시에 올라 탔다.

택시가 출발하자 나와 김만철이 탄 차량이 택시를 뒤따랐다.

모스크바시를 벗어나 공항으로 가기까지 긴장을 늦출 수 없었다.

다행히도 공항에 도착할 때까지 접근하는 차량이나 인물은 없었다.

하지만 문제는 공항에서였다.

평소와 달리 공항 입구부터 눈빛이 날카로운 동양인들과 러시아인들이 눈에 많이 띄었다.

공항을 이용하는 평범한 인물들로 보기에는 뭔가 석연치

않았다.

공항 입구에 도착한 뒤 박상미는 택시에서 내리지 않고 율리나만 내렸다.

율리나가 뭔가 이상한 분위기를 감지했다.

공항 안으로 들어간 율리나는 5분 정도 시간이 흐른 후에 대기하고 있던 택시에 다시 올라탔다.

택시는 공항을 벗어나 달리기 시작했다.

"모스크바공항은 힘들 것 같습니다."

운전대를 잡은 김만철이 말했다.

어느 정도 예상했던 대로 공항에는 박상미를 찾기 위해 각국의 정보원이 감시하고 있었다.

더구나 평소보다 공항을 순찰하는 경찰의 숫자가 늘어난 상태였다.

"후! 할 수 없지요. 두 번째 방법으로 이동합시다."

우리는 다시 두 사람이 탄 택시를 따랐다.

한참 도로를 달린 택시가 멈춘 곳은 세레브로 제련공장이었다.

공장 안으로 들어가자마자 두 사람은 공장에서 사용하는 트럭을 타고 근처에 있는 야로슬라브 기차역으로 향했다.

그곳에서 세레브로 제련공장에서 이용하는 화물열차를 타고 키로프로 향할 예정이다.

키로프에서 두 사람은 시베리아횡단 열차로 갈아타고 블라디보스토크로 갈 것이다.

그곳에서 비행기를 타고 일본으로 건너가는 것이 최종 계획이다.

블라디보스토크국제공항에서 일본의 도야마까지 항공로가 연결되어 있었다.

도야마에 도착하면 목적지인 도쿄에서 박상미를 만날 것이다.

박상미가 성형 수술을 할 병원이 도쿄에 위치해 있었다.

모스크바공항을 이용할 수 없을 때 대안으로 생각한 탈출 루트였다.

러시아를 벗어나기 위해 일주일이 더 소요되는 루트였지만 다른 곳보다 안전한 루트였다.

모스크바공항은 물론 중요 역과 터미널에도 러시아국가안전부와 북한의 작전부 요원들이 진을 치고 있었다.

거기에 한국의 안기부와 미국의 CIA도 박상미를 찾기 위해 동분서주하고 있었다.

하지만 광물을 운반하는 트럭을 통해서 화물열차로 이동할 것이라고는 그들은 생각지 못할 것이다.

박상미를 보호하기 위해 율리나 말고도 경호대원 세 명이 시베리아횡단 열차에 함께 올라타 블라디보스토크까지 동행해 만약의 사태를 대비했다.

두 번째 루트를 이용하게 될 때 나는 부산으로 들어가 세르게이가 부탁한 일을 처리하기로 계획했다.

그녀가 시베리아를 횡단하는 일주일 동안에 모든 일을 마무리 짓기로 했다.

박상미와 율리나가 무사히 화물열차에 올라탄 것을 확인한 후 나와 김만철은 다시금 모스크바공항으로 향했다.

*　　　*　　　*

김포공항에 도착하자마자 나는 곧장 김해공항으로 향했다.

박상미의 일로 인해 시간이 많이 촉박해졌다.

이틀 후면 세르게이가 말한 탬페레호는 베트남으로 떠날 것이다.

부산은 닉스 공장 때문에 자주 방문했지만 이번은 다른 문제였다.

한국에 머물고 있는 티토브 정과 드리트리 김을 부산으로 불렀다.

한 달 가까운 시간 동안 두 사람은 흑천에 대한 조사를 하고 있었다.

미리 연락을 받은 티토브 정과 드리트리 김은 부산에 내려와 있었다.

김해공항에서 함께 만난 우리는 곧장 템페레호가 정박 중인 부산항으로 이동했다.

"정 대리, 그동안 별일 없었지?"

김만철이 티토브 정을 보며 물었다.

"특별한 일은 없었습니다. 김 과장님은 어떠셨습니까?"

"말 마, 모스크바에서 한바탕 전투를 치르고 왔다니까."

"전투라니요?"

"이번에는 마피아하고 싸웠다니까."

난 두 사람의 이야기를 듣고만 있었다.

"마피아가 활개를 친다더니, 모스크바 사업장을 노린 것입니까?"

"사업장이 아니라 대표님을 노린 거였어. 뭐 결과적으로는 그 조직을 묵사발로 만들어 놨지만. 문제는 우리 대표님이 오지랖이 넓으셔서 일거리를 또 하나 만들어놓고 오셨다는 거야."

가만히 듣고 있자니 김만철의 말이 귀에 거슬렸다.

"음음! 오지랖이라요. 불쌍한 동포를 도와준 걸 가지고 그렇게 말씀하시면 좀 그러네요."

"전 분명히 말렸습니다. 뭐 대표님이 다 책임진다고 했으니까, 저야 신경 쓸 일도 아니죠."

"일은 전부 맡아서 해놓으시고는 왜 그러십니까?"

사실 김만철은 박상미를 러시아에서 탈출시키기 위해 발 벗고 나서서 모든 일을 도맡아했다.

며칠 동안이었지만 그런 김만철을 박상미는 좋게 받아들였다.

박상미의 탈출 루트 또한 김만철이 계획한 일이었다.

"무슨 일이 있었는지는 모르지만 두 분은 변함없이 사이가 좋으십니다."

티토브 정은 나와 김만철의 친밀한 관계를 잘 알고 있었다.

"우리 대표님과 너무 깊이 관계를 맺으면 아주 피곤한 분이라고. 이번 부산 일도 쉽게 끝날 것 같지가 않아."

김만철은 피곤한 표정으로 지으며 말했다.

그의 말처럼 블라디보스토크로 배를 돌려보기가 쉽지 않을 것 같다는 느낌이 들었다.

서로가 떨어져 있는 사이에 일어났던 일들을 이야기하는 사이 승용차는 어느새 부두에 도착했다.

*　　　*　　　*

템페레호는 2천 8백t급으로 1989년에 진수된 화물선이다.

세르게이에게서 건네받은 서류를 확인하고는 우리는 곧장 템페레호로 향했다.

원래의 배의 소유주는 구소련 공산당이었지만 공산당이 소유했던 모든 자산이 러시아 정부로 넘어갔다.

그리고 다시 템페레호는 러시아 정부에서 내게로 넘어온 상태였다.

템페레호의 갑판 위로 올라갈 수 있게 승강대가 내려져 있자 우리는 거침없이 배에 올랐다.

갑판에 오르자 청소를 하고 있던 선원이 우리를 향해 다가왔다.

"무슨 일입니까?"

"선장님을 만나러 왔습니다."

영어로 물어오는 선원에게 러시아어로 말하자 그의 표정이 바뀌었다.

"선장님은 외출 중입니다. 누구십니까?"

사내는 경계하는 모습이 역력했다.

"템페레호 인수와 관련되어 나왔습니다. 현재 배에 타고 있는 사람 중에 직급이 높은 사람은 누구입니까?"

"예, 배를 인수하러 왔다고요?"

갑판을 청소하던 선원은 깜짝 놀라는 눈치였다.

그때였다.

조타실로 향하는 출입문에서 한 사내가 나타났다.

"누군데 남에 배에 함부로 승선한 것이오?"

나타난 사내는 선원이라기보다는 군인으로 보일 정도로 몸이 좋았다.

말투로 보아 직급이 있는 인물 같았다.

"템페레호를 소유하게 된 사람입니다. 이 배를 인수하기 위해 왔습니다."

"배를 인수하러 왔다. 난 그런 소리를 듣지 못했는데."

"실례지만 누구십니까?"

"난 이 배의 기관장이오."

화물선을 운항하는 데 있어서 기관 파트를 맡고 있는 책임자였다.

"저는 이 배를 러시아 정부로부터 사들였습니다. 여기 배에 대한 인수증과 권리증을 가지고 왔습니다."

러시아대통령 비서실장인 세르게이를 통해 전달받은 서류를 보여주었다.

"그런 이야기를 선장님께 듣지 못했는데."

사내는 난감한 표정을 지으며 내가 내민 서류를 살폈다.

서류에는 러시아 정부에서 발행한 공식문서임을 나타내

는 인장이 찍혀 있었다.

"선장님은 언제 배로 돌아오십니까?"

"잠시만 기다리시오. 일등항해사가 배에 머물고 있으니까."

기관장은 자신이 나왔던 입구로 들어갔다. 그리고 한 사내와 함께 간판으로 다시 나왔다.

멋진 금발에 날렵한 눈매를 가진 삼십 대 초반으로 보이는 인물이었다.

"저희 배를 인수하러 오셨다고요?"

사내는 그리 놀라는 눈치가 아니었다.

"여기 서류들은 러시아 정부에서 발행한 인도명령서와 템페레호의 등록증입니다."

내가 내민 선박등록증에는 템페레호의 소유주가 명확하게 나로 되어 있었다.

일등항해사라고 불린 사내는 서류를 자세히 살펴보았다.

그가 선장의 부재 시에는 배를 책임지는 인물이었다.

"서류는 문제가 없습니다만 저희는 이런 일에 대해 전달받은 적이 없습니다."

서류를 확인한 일등항해사는 그제야 난감한 표정을 지었다.

"저도 사업 때문에 급하게 템페레호를 구매하게 되었습

니다. 그리고 오늘 당장에라도 블라디보스토크로 배를 가져가야 합니다."

"선장님이 오셔야 합니다. 제가 결정할 문제가 아닌 것 같습니다."

일등항해사는 책임을 선장에게 넘겼다.

"이름이 어떻게 되십니까?"

"유리입니다."

"유리 씨도 이 배를 운항하실 수 있습니까?"

"운항할 수는 있습니다. 그건 왜 물으십니까?"

"선장님께서 제 말을 따르지 않으면 곧바로 해고할 생각입니다."

나는 바로 유리의 물음에 답을 해주었다. 내 말에 유리의 눈빛이 달라졌다.

러시아에서 해외를 오가는 화물선의 선장이 되는 것은 그리 쉬운 일이 아니다.

그에 다른 자격과 경력이 뒷받침되어야만 한다.

더구나 템페레호와 같이 진수된 지 얼마 안 되는 배의 선장은 더욱 그랬다.

우리는 유리의 안내로 사무실로 쓰이는 곳에서 선장을 기다렸다.

선장은 1시간 후에 배로 돌아왔다.

"유리에게 들었습니다. 새로운 선주가 되셨다고요. 저는 니콜라이라고 합니다."

깔끔한 정복을 입고 나타난 선장은 사십 대 중반 정도로 보였다. 이미 상황을 인지한 듯한 표정이었다.

"강태수라고 합니다. 배에 대한 인도명령서와 템페레호 인수 관련 서류입니다."

나는 그에게 러시아 정부가 발행한 서류를 보여주었다.

일등항해사 유리가 그랬던 것처럼 서류를 꼼꼼히 살펴보았다.

"음, 서류는 이상이 없는 것 같습니다만 저희에게 한마디 통보도 없이 배를 넘길지 몰랐습니다."

선장은 약간은 실망스러운 말투로 말했다.

"배의 인수 결정이 빠르게 결정되어 그럴 것입니다. 저도 배의 인수를 마무리 짓기 위해서 모스크바에서 곧장 부산으로 날아왔습니까요."

"어떻게 하시길 바라십니까?"

선장은 선주인 나에게 주도권을 넘겨주는 듯한 말투였다.

"템페레호를 우선 블라디보스토크로 가져가야겠습니다. 그곳에서 가져와야 할 물건들이 있습니다."

"언제 출발하면 되겠습니까?"

'뭐지? 너무 쉽게 일이 풀리는데⋯⋯.'

"내일이라도 당장 출발했으면 좋겠습니다."

"출항보고서는 이미 부산항에 제출했습니다. 배에 필요한 물품들도 선적했으니까, 오늘 저녁에라도 출발할 수 있습니다."

선장은 예상과 달리 순순히 내 요구를 들어주었다.

"그렇게 해주시면 고맙겠습니다."

"선주께서도 저희와 함께 가실 것입니까?"

"예, 그럴 것입니다."

"알겠습니다. 그러면 오늘 저녁 출항을 하도록 하겠습니다. 출항 준비하는 동안 배를 구경하시는 게 좋을 것 같습니다."

"그리도록 하지요. 호의적으로 협조해 주셔서 감사합니다."

"당연히 배를 소유하게 되신 분의 의사를 따라야 하지요. 단지 저는 함께 선원들과 계속해서 이 배를 타고 싶은 마음뿐입니다. 이 점을 선주께서 잘 헤아려 주셨으면 합니다."

"그렇게 될 것입니다. 저도 유능한 선장님과 선원들이 이 배를 오랫동안 탔으면 좋겠습니다."

"하하하! 고맙습니다. 그러면 제가 배를 안내할 친구를 보내 드리겠습니다."

선장은 만족스러운 웃음을 보이며 사무실을 나갔다.

"이거 일이 너무 쉽게 풀리는데요."

나는 김만철을 바라보며 말했다.

티토브 정과 드리트리 김은 갑판에서 배를 둘러보고 있었다.

우리는 이곳으로 오기 전 다양한 시나리오를 생각하고 왔다.

선장이 배를 넘겨주지 않을 때와 선장과 선원들이 배를 운항하지 않고 떠났을 때 등이다.

한데 지금 내 말대로 블라디보스토크로 돌아가겠다고 한 것이다.

"우리가 너무 어려운 쪽만 생각한 것 같습니다. 당연히 배의 주인인 선주의 말을 따라야 하는 것 아니겠습니까."

"그런가요. 그렇다면 선장이 이 배에 금괴가 있다는 것을 모르는 것 같은데요.

10억 달러에 이르는 금괴가 실린 배를 이렇게 순순히 넘겨준다는 것은 선장인 니콜라이는 금괴를 모르고 있다는 것으로 유추할 수밖에 없었다.

"배가 출발하면 상황이 달라질 수 있습니다. 그때가 되면 금괴와 연관된 인물이 방해를 할 수도 있습니다."

"음, 그렇겠네요. 그에 대한 준비를 우리도 해야겠습니다."

그때였다.

문을 정중하게 두드리는 소리와 함께 한 여자가 사무실 안으로 들어왔다.

Chapter 10

　사무실로 들어온 여자는 선장이 입었던 옷과 같은 멋진 제복을 입고 있었다.

　"안녕하십니까? 배의 안내를 맡은 이등항해사 루나라고 합니다."

　루나는 러시아어로 달이란 뜻이다.

　흔치 않은 붉은 머리카락을 가진 루나의 얼굴에는 주근깨가 덮여 있어 나이를 분간하기가 쉽지 않았다.

　"강태수라고 합니다. 이쪽은 김만철 과장입니다. 우리 직원들이 갑판에 있는데 함께 안내를 받았으면 합니다."

나는 안내를 맡은 루나에게 김만철을 소개했다.

"알겠습니다. 이쪽으로 가시죠."

우리는 루나의 안내에 따라 배를 조정하는 선교와 식당, 그리고 화물을 선적하는 창고까지 둘러보았다.

루나가 안내해 준 곳마다 유심히 살펴보았지만 금괴를 보관할 만한 곳은 눈에 띄지 않았다.

배는 생각했던 것보다 훨씬 구조가 복잡했다.

"배에 타고 있는 선원은 모두 몇 명입니까?"

나는 사무실로 돌아오는 길에 질문을 던졌다.

"저를 포함해서 스물한 명입니다."

"큰 배치고 생각보다 인원이 많지 않은 것 같군요."

"예, 요즘은 자동화가 많이 되어 사람이 하는 일이 점차 줄어들고 있어서 그렇습니다."

"한데 베트남에는 무엇 때문에 가는 겁니까?"

템페레호의 최종 목적지인 베트남으로 향하는 이유가 궁금했다.

"베트남에서 고무를 실어 오기 위한 것으로 알고 있습니다."

루나의 입에서 나온 대답은 별다른 것이 없었다. 그녀는 물어보는 말마다 상냥하게 설명을 잘해주었다.

"저희는 그럼 이곳에 대기하고 있으면 되겠습니까?"

"배는 저녁 8시에 출항 예정입니다. 조금 전에 안내해 드린 선실이나 아니면 이곳에 머무르셔도 됩니다."

"알겠습니다. 그럼 저녁 식사 시간 때에 뵙겠습니다."

우리는 저녁을 배에서 먹기로 했다.

내가 템페레호에 승선한 기념으로 선장은 주방장에게 특별 요리를 주문했다.

"예, 그럼. 편히 쉬십시오."

루나가 사무실을 나가자마자 김만철이 입을 열었다.

"조심하셔야 할 것 같습니다. 선원들이 일반적인 인물이 아닙니다."

"김 과장님의 말이 맞습니다. 저희도 갑판을 둘러볼 때 마주친 선원들 모두에게서 잘 훈련된 군인의 느낌을 받았습니다."

티토브 정 또한 김만철의 말에 동의했다.

"그렇다면 너무 쉽게 내 요구에 따른 선장이 뭔가를 계획하고 있다고 볼 수 있겠군요?"

두 사람의 말이 맞는다면 너무 쉽게 배를 넘겨준 선장의 행동이 의심스러웠다.

"우선은 좀 더 상황을 지켜봐야 할 것 같습니다. 지금 이들이 움직이기에는 부산항은 거북할 수가 있으니까요."

김만철의 말이 일리가 있었다. 부산항에서 무언가 일을

벌이기에는 보는 눈이 많았다.

"아마도 배가 공해상(公海上)으로 나갔을 때에 행동으로 옮길 가능성이 클 것 같습니다."

드리트리 김의 말이었다.

공해상은 어느 특정한 국가의 주권에 속하지 않으며 모든 국가에 개방된 바다이다.

특히나 국가의 주권이 미치지 못하므로 경찰 등 공권력의 감시가 약한 곳이기도 하다.

세 사람 모두 이대로 선장이 배를 포기하지 않을 것 같다고 생각했다.

"음, 아무 일도 일어나지 않았으면 좋겠는데."

가장 좋은 것은 선장이 말한 대로 템페레호를 무사히 블라디보스토크 항까지 운항해 주는 것이다.

"만약 저들이 무력을 행사하려 한다면 먼저 배를 조정하는 함교를 점령해야 합니다."

김만철은 선장과 선원들이 우리를 가만두지 않을 것이라 확신하는 말투였다.

"배가 공해상으로 나가면 좁은 선실보다는 갑판에서 기다리고 있는 것이 좋을 것입니다. 일단 세부적인 상황은 저와……."

수많은 경험과 특별한 전투 능력을 지닌 세 사람이 내린 판단이었다.

　김만철과 티토브 정은 내가 이야기를 하기도 전에 배의 구조를 종이에 그려가며 만약의 사태에 대해 준비를 했다.

　각자가 정해진 루트에 따라서 함교를 점령할 방법까지 정하자 세 사람은 각자가 소지한 권총을 꺼내어 점검하기 시작했다.

*　　　*　　　*

　저녁 8시에 배는 정확하게 부산항을 출항했다.

　출항과 동시에 저녁 식사를 했다.

　저녁은 닭 요리와 러시아식 생선 요리, 그리고 보드카였다.

　식사하는 내내 선장이 나에게 보드카를 따라주며 권했지만, 최대한 절제하며 식사를 마쳤다.

　나뿐만 아니라 함께한 세 사람 모두 술을 마시지 않았다.

　선장과 선원들의 의심을 피하려고 식사 후 네 사람 다 배정된 선실로 향했다.

　1시간 정도 선실에 머물렀다.

　그리고 배가 공해상으로 진입할 시간에 이르자 계획대로 선실을 나섰다.

템페레호는 거친 물살을 가르며 나아가고 있었다.

눈에 보이는 것은 망망한 바다뿐이었다.

한동안 보이던 고기잡이배의 불빛도 어느새 사라져 버렸다.

그때 티토브 정이 자신이 차고 있던 시계를 바라보며 말했다.

그의 시계에는 나침판이 장착되어 있었다.

"배가 서쪽으로 향하고 있습니다."

목적지인 블라디보스토크로 가기 위해서는 서쪽이 아닌 동쪽으로 가야만 한다.

"예상한 대로입니다."

김만철이 그럴 줄 알았다는 듯이 말했다.

"후! 그래도 일이 좀 쉽게 풀렸으면 좋겠다고 생각했습니다."

나도 모르게 절로 한숨이 나왔다.

만약을 대비하고 있었지만 막상 일이 터지자 어떻게 수습할지 난감했다.

배에 타고 있는 21명의 인원 중에서 세르게이가 말한 러시아 요원도 있겠지만 대다수는 그렇지 않을 것이다.

네 명의 인원으로 스무 명의 인원을 상대해야만 한다.

아니나 다를까 우리가 있는 갑판 위에 설치된 전등에 모두 불이 들어왔다.

그리고 선상 방송을 통해 선장의 목소리가 들려왔다.

―이 배는 원래 목적지대로 항해할 예정이니, 목적지가 다른 사람들은 배에서 내리도록.

선장의 말이 그치자 선실과 연결된 문이 열리며 십여 명의 선원이 갑판으로 나오기 시작했다.

다들 손에는 쇠파이프와 대검 등을 손에 쥐고 있었다.

다행인 것은 눈앞에 나타난 인물들 중에는 총을 소유한 인물은 보이지가 않았다.

이들은 우리를 단지 일반적인 사업가와 평범한 회사원으로 판단한 것 같았다.

우리 네 사람을 포위하듯 감싸는 인원은 모두 13명이었다.

그들을 이끄는 인물은 간판에 처음 올랐을 때 만났던 기관장이었다.

"어디들 갔나 했더니 모두 여기에 나와 있었군. 정말 운이 없는 놈들이야."

위를 바라보는 기관장은 측은한 표정을 지으며 말했다.

"무슨 짓을 하려는 것이오?"

"이 배는 베트남으로 간다. 너희가 가려고 하는 곳으로 가려면 여기서부터는 헤엄쳐서 가야 할 거야. 하하하! 너희가 알아서 뛰어내리면 구명조끼는 던져주지."

기관장은 우리 모두를 바다에 수장시키겠다는 말이었다.

지금 공해상에서 벌어지고 있는 일을 아는 사람은 없었다.

대부분 해상 범죄가 발생하는 곳이 공해상이었다.

더구나 주변에는 템페레호 외에는 운행하는 배가 없었다.

사람이 바다에 빠지면 바닷물의 수온이 10~15도 정도를 기준으로 사람이 버틸 수 있는 시간은 3시간이 일반적이다.

그 시간을 넘어가면 대다수가 저체온증으로 사망한다.

더구나 밤바다는 수온이 더욱 내려가기 때문에 그보다 일찍 저체온증이 찾아온다.

"무엇 때문에 이러는 거지?"

"그건 널 지옥으로 데려갈 죽음의 전령에게 물어보아라."

기관장의 말의 끝으로 선원들이 우리를 포위하듯 일제히 다가왔다.

그러자 김만철과 티토브 정, 그리고 드리트리 김은 기다렸다는 듯이 앞쪽으로 비호처럼 튕겨져 나갔다.

느긋한 발걸음으로 다가오던 선원들이 세 사람의 움직임에 놀라 걸음을 멈추었다.

세 사람이 그들의 생각과는 전혀 다른 행동을 보인 것이다.

다들 두려움에 뒷걸음질 치거나 무릎을 꿇고 살려달라고 애원하는 모습을 그렸다.

더구나 세 사람의 움직임은 선원들의 생각했던 것보다 훨씬 빨랐다.

달려가는 티보트 정의 오른손이 빠르게 세 번 튕기자, 그의 앞을 막아서고 있던 세 명의 인물이 동시에 비명을 지르며 무릎을 꿇었다.

"악!"

"으윽"

그들 모두가 허벅지를 부여잡고 있었다.

공격은 거기서 그친 것이 아니었다.

고통스러워하는 세 명이 손으로 허벅지를 감싸는 순간, 그들은 얼굴에 강력한 충격을 받으며 그대로 정신을 잃고 말았다.

쓰러진 세 명의 허벅지에 박힌 것은 일반적인 동전이었다.

티토브 정은 거기서 멈추지 않고 그대로 배의 함교를 향해 달려 나갔다.

선원들의 애처로운 비명에 김만철과 드미트리 김에게 달려들던 선원의 몸이 순간 움찔했다.

그러는 사이 그들 또한 두 사람의 움직임을 놓치고 말았다.

날쌘 표범과도 같은 두 사람의 공격에 네 명의 인물이 그대로 고꾸라졌다.

동료가 당하자 남은 선원들이 뒤늦게 들고 있던 쇠파이프와 칼을 휘둘렀지만 오히려 강한 충격이 그들의 몸에 전해졌다.

"컥"

"헉"

목울대와 명치를 부여잡은 두 명이 동시에 허물어지듯 앞쪽으로 넘어갔다.

김만철과 드미트리 김을 둘러쌌던 여덟 명의 인물 중 여섯 명이 순식간에 쓰러진 것이다.

그러자 나머지 두 명은 기관장을 쳐다보며 주춤주춤 뒤로 물러나기 시작했다.

1분도 안 되는 사이에 무기를 든 아홉 명의 인물이 바닥에 꼬꾸라진 것이다.

나까지 나설 필요가 없었다.

선원들을 이끌던 기관장의 놀란 눈은 황소만 하게 커져 있었다.

그는 지금의 상황을 도저히 믿지 못하겠다는 표정이었다.

맨 뒤에서 모든 걸 지켜보던 기관장 또한 두 명의 선원처럼 뒷걸음치고 있었다.

하지만 그는 원하는 바를 이루지 못했다.

함교를 향해 달려 나가던 티토브 정의 발차기에 그대로 뒷목을 강타당했다.

쿵!

상당한 덩치의 기관장이었지만 티토브 정의 공격에는 썩은 나무가 쓰러지듯 그대로 갑판 위에 나뒹굴었다.

기관장이 쓰러지자 두 사람 들고 있던 무기를 버리고는 뒤돌아 달리기 시작했다.

하지만 두 사람 또한 티토브 정의 손에서 떠난 동전이 그대로 허벅지에 날아가 박혔다.

"아악!"

"악!"

선원 하나는 비명과 함께 그대로 바닥에 넘어졌지만 다른 한 명은 다리를 절뚝거리면서 지금의 상황에서 벗어나려고 발버둥 쳤다.

채 몇 분도 안 되는 시간에 갑판에 있던 선원들 모두가 전투 불능의 상태에 빠지고 말았다.

그들은 일반적인 선원이 아니었다. 바닥에 쓰러진 선원 대다수가 구소련 해군에 적을 두고 있던 인물로 많은 훈련을 받아왔었다.

하지만 모두가 속수무책으로 당했다.

함교에 있던 선장과 중요 인물들은 생각지도 못한 일에 직면하자 곧바로 준비한 소총을 들고는 함교 밖으로 나왔다.

그와 동시에 갑판 위를 훤히 비칠 수 있는 강력한 서치라이트에 불이 켜졌다.

타타타탕!

그리고는 세 사람이 있는 곳을 향해 총알이 날아들었다.

퍽!

하지만 강렬한 빛을 뿜어내던 서치라이트는 곧바로 꺼져 버렸다.

탕! 탕탕!

"악!"

"컥!"

우당탕!

또한 AK-47 자동소총을 난사하던 두 명의 선원이 비명과 함께 함교 아래로 굴러떨어져 내렸다.

총을 쏘던 두 사람을 향해 반격했던 김만철과 드리트리 김 사격 솜씨는 놀라울 정도로 정확했다.

서치라이트를 들고 비추던 선원 또한 어깨를 부여잡은 채 주저앉았다.

더는 공격을 할 의사가 없었다.

그때였다.

탕! 탕!

선장이 있던 함교 안에서 두 발의 총소리가 들려왔다.

가장 앞쪽에 있던 티토브 정이 함교로 오르는 계단에 접근했다.

그 반대편으로 드리트리 김이 올라섰다.

세 사람 중에서 사격 실력이 가장 뛰어난 김만철은 혹시모를 사태를 대비하기 위해 뒤쪽에서 권총을 겨누었다.

천천히 함교 쪽으로 접근하는 두 사람은 수신호로 함교로 돌입할 타이밍 잡았다.

손가락이 모두 접히는 순간 함교의 문을 열고 돌입했다.

탕! 탕탕!

그와 동시에 총소리가 요란하게 들려왔다.

나와 김만철은 총성에 맞춰 함교를 오르는 계단을 빠르게 뛰어올랐다.

함교 안에 들어서자 세 구의 시체와 함께 배의 안내를 맡았던 루나가 피를 흘리는 팔을 부여잡고 있었다.

바닥에 쓰러져 있는 사람은 선장과 일등항해사 유리, 그리고 식당 요리사였다.

요리사가 함교에 함께 있다는 것이 의외였다.

함교 바닥에는 누구의 것이었는지 알 수 없는 권총 두 정이 떨어져 있었다.

"요리사가 루나 씨를 인질로 잡고 있었던 것 같습니다."

티토브 정의 말이었다.

드리트리 김은 함교 내에 설치된 구급상자를 열어 루나의 팔을 지혈하고 붕대로 감아주었다.

다행히도 총알이 그녀의 왼팔을 스쳐 지나간 것 같았다.

응급조치가 끝나자 흘러내리던 피도 멈추었다.

"어떻게 된 일입니까?"

나는 부상당한 이등항해사인 루나에게 물었다.

"갑자기 요리사가 나타나서 선장님과 유리를 쐈습니다. 그리고 저에게 총을 쏘려고 할 때 두 분이 함교로 들어오셨습니다."

루나는 떨리는 목소리로 말했다.

"저희가 함교로 돌입하는 순간 요리사가 루나 씨에게 총을 쏘려고 했었습니다."

루나와 티토브 정의 말은 일치했다.

루나를 구하기 위해서 티토브 정이 권총으로 요리사를 쏠 수밖에 없었다.

"선장이 왜 우리를 공격했는지 아십니까?"

"모르겠습니다. 식사를 마치고 한 시간 후에 선장이 저와 유리를 함교로 부르셨습니다. 그리고는 베트남으로 향한다고 말씀하셨습니다."

루나의 말은 선장과 연관이 없다는 듯이 말했다.

"이 배를 운항할 줄 아십니까?"

"예, 어느 정도는요. 하지만 기관장과 다른 선원들의 도움이 필요합니다."

"저희가 선원들의 도움을 요청하겠습니다. 이 배를 원래 목적지인 블라디보스토크 항으로 되돌려야 합니다."

"알겠습니다. 한데 선장님과 선원들이 왜 대표님을 공격한 건가요?"

루나가 오히려 반문하며 물었다.

"글쎄요. 그건 저도 모르겠습니다. 아마도 이 배를 선장이 차지하려고 마음먹은 것인지도 모르겠습니다."

루나는 나의 말에 고개를 떨구며 지금 상황을 믿지 못하겠다는 표정이었다.

함교를 점령한 우리는 일단 공격에 가담하지 않은 나머지 선원들을 선내 방송을 통해서 갑판으로 불러 모았다.

배를 무사히 블라디보스토크로 가지고 가려면 선원들의 협조가 필요했다.

공격에 가담하지 않은 인원은 단 두 명뿐이었다. 두 사람 다 템페레호에 처음 올라탄 인물이었다.

보상금을 주겠다는 말에 두 사람은 선주인 나에게 협조를 약속했다.

사망자는 선장을 비롯하여 모두 다섯 명이었다.

세 명은 티토브 정과 드리트리 김이 쏜 총에 맞았지만 선장과 일등항해사 유리는 요리사에 의해 사망했다.

적극적으로 공격에 가담했던 선원들 중 우리의 협조를 거부한 다섯 명을 선실에 가두었다.

거부한 인물들은 기관장과 갑판장 등 선장과 가까웠던 사람이었다.

나머지 인원은 공격에 가담했던 것에 대한 책임을 묻지 않는 조건으로 협조했다.

선원들이 지니고 있던 권총과 자동소총은 모두 회수하여 선장실에 보관했다.

선장실의 키는 김만철이 소지했다.

배는 블라디보스토크로 향하기 위해 동쪽으로 돌려졌다.

선원들은 믿지 못하기 때문에 함교에는 루나 외에는 들이지 않았다.

대통령비서실장인 세르게이와 연락을 취해야 했지만 함교에 설치된 무전기가 고장이 나 연락을 할 수 없었다.

루나의 말에 의하면 요리사가 일등항해사 유리를 권총으로 위협하여 망가뜨리게 했다고 한다.

뭔가 미심쩍긴 했지만 현재로서는 그녀의 말을 믿을 수밖에 없었다.

배는 부산항을 떠난 지 7시간을 지나자 템페레호는 울릉도 근처를 지났다.

앞으로 8시간 정도면 블라디보스토크 항에 도착한다.

배를 운행하고 있는 루나는 몹시 피곤한 상태였다.

이제까지 선장과 일등항해사 유리가 번갈아 템페레호를 운항했다.

그녀는 충격적인 일을 겪은 상태에다가 배를 전적으로 책임지고 운항하는 것은 이번이 처음이었다.

항해에 대해 조언을 해줄 수 있는 사람이 사라진 지금, 그녀가 받는 중압감은 작지 않았다.

더구나 날씨가 좋지 않아 파도가 점점 거칠어지고 있었다.

"이것 좀 마시고 하세요. 제가 운전대를 잡고 있겠습니다."

나는 피곤해 보이는 그녀에게 커피를 건네며 말했다. 배를 조종할 수 있는 사람이 그녀뿐이기에 조금이나마 루나를 쉬게 해주어야만 했다.

"고맙습니다. 자동차를 운전하듯이 조타 핸들을 잡고만 계시면 됩니다."

루나는 커피를 건네받으며 말했다.

"배는 언제부터 타셨습니까? 여자의 몸으로 외국으로 장기간 운행하는 화물선을 오른다는 게 쉽지 않았을 텐데요."

"아버지가 배를 타셨어요. 이런 화물선은 아니지만요. 어린 시절 아버지가 타시던 배에 몇 번 올랐을 때가 있었어요. 그때 눈앞에 끝없이 펼쳐져 있는 수평선이 저에게는 너무나도 자유로운 모습으로 다가왔어요. 우습게도 우리가 살고 있던 집과 비교해서 말이죠. 그게 배를 타야겠구나 하는 이유가 되었고 삶의 목표가 되었지요."

흰 이를 드러내며 말하는 루나는 조금씩 안정을 취해가는 것 같았다.

아직도 함교 바닥에는 세 사람이 흘렸던 붉은 피가 말라붙어 있었다.

"그랬군요. 블라디보스토크로 돌아가면 계속 배를 탈 생각인가요?"

"배를 계속 타고 싶지만 오늘 벌어진 일로 인해서 그게 가능할지 모르겠네요."

루나는 걱정스러운 눈빛을 하고 있었다.

선장을 비롯하여 다섯 명이나 사망자가 나왔기 때문이다.

"루나 씨가 우리에게 협조한 것을 러시아당국에 잘 말해 드리겠습니다. 선장과 몇몇 사람이 문제였지, 루나 씨의 문제는 아니었으니까요."

"그렇게 말씀해 주시니 고맙습니다."

"저도 솔직히 이렇게 사고가 발생한 배를 계속 소유하긴 힘들 것 같습니다."

블라디보스토크 항에 입항하면 배에 소유권은 다시 러시아 정부로 넘어간다.

"템페레호를 다시 파시겠다는 것인가요?"

"그래야 할 것 같습니다."

내 대답에 루나의 표정이 살짝 변하는 것이 보였다.

"그럼 이 배를 저에게 넘기시죠."

순간 내 귀를 의심하게 만드는 말이 루나의 입에서 나왔다.

"지금 뭐하고 했습니까?"

"이쯤에서 서로가 솔직할 때가 된 것 같군요. 이 배를 민간인이 샀다는 말을 믿으라는 소리는 아니겠지요."

루나의 목소리와 말투까지 바뀌었다.

"그게 무슨 말이죠?"

"이 템페레호는 올레그 셰닌 공산당 의장이 개인적으로 소유한 배이니까요."

올레그 셰닌 구소련공산당 의장은 작년 8월 쿠데타를 주도했던 인물 중의 하나였다.

더욱이 쿠데타와 관련해서 러시아 검찰의 조사를 받던 중에 돌연 외국으로 떠났다.

그가 현재 머물고 있다고 알려진 곳은 인도였다.

세르게이 대통령비서실장은 나에게 분명 소련공산당이 소유했던 자산이었다고 말했었다.

순간 그녀의 말에 머릿속이 복잡해졌다.

"그렇다면 혹시 이 배가 가려고 했던 베트남에 올레그 셰닌 의장이 머물고 있습니까?"

선장이 가고자 했던 곳이 베트남이었다.

"빙고! 이제야 머리가 돌아가시네요."

"그럼 무전기를 파괴한 사람이 요리사가 아니라 루나 씨입니까?"

"맞아요. 그리고 요리사는 세르게이가 보낸 인물입니다. 강 대표님께서 움직이자 정체를 숨기고 있던 요리사가 움직인 거지요. 쿠데타의 주역인 올레그 셰닌이 어떻게 러시아를 떠날 수 있었을까요?"

루나의 말에 복잡하게 얽혀 있던 머릿속의 생각들이 하나둘 풀어졌다.

"템페레호에 실린 금괴를 넘긴 대가로?"

"빙고! 세르게이가 무슨 말을 했는지는 모르지만 범의 아가리로 강 대표님을 보낸 거지요. 선장은 강 대표님의 일행을 너무 쉽게 본 대가를 치른 거고요."

루나의 말이 맞는다면 세르게이는 목숨이 잃을 수도 있는 위험한 곳으로 날 보낸 것이다.

선장은 이미 나의 목적을 정확히 알고 있었다.

'이 여자의 정체가 뭐지?'

"나에게 모든 걸 이야기해 주는 이유가 무엇입니까?"

"선원들을 단숨에 제압한 자들을 저 혼자 상대할 수는 없으니까요. 더구나 이 배에 실려 있는 금괴를 혼자 차지했다가는 평생을 쫓겨 다닐 수밖에 없게 되겠죠."

"함교에 있는 사람들을 죽인 게 루나 씨입니까?"

"아니요. 요리사가 선장과 유리를 죽였습니다. 저는 요리사를 막으려고 했고요."

미심쩍은 부분이 있었지만 죽은 자들은 말을 할 수 없었다.

"배에 실린 금괴에 대해 아는 사람은 누구누구였습니까?"

"선장과 저, 그리고 죽은 요리사가 알고 있었어요. 저는 선장을 감시하기 위해 올레그 셰닌의 명령으로 이 배에 탑승했으니까요."

루나는 나의 질문에 순순히 대답을 해주었다.

요리사는 세르게이가 템페레호에 타고 있다는 정보요원이었다.

"세르게이는 나에게 10억 달러 상당의 금괴가 실려 있다고 했습니다. 그 말이 사실입니까?"

김만철이 창고를 둘러보고 있지만 아직 금괴를 발견하지 못했다.

"호호호! 세르게이가 강 대표님께 거짓말을 했네요. 정확히 12억 달러어치의 금괴와 1억 달러 상당의 다이아몬드죠. 그럼 강 대표님께서 받기로 대가는 무엇이죠?"

루나의 말이 사실이라면 세르게이는 나에게 모든 걸 말해주지 않은 것이다.

어쩌면 세르게이가 템페레호의 실린 금괴를 개인적으로 사용할 수 있다는 생각마저 들었다.

"배에 실린 10%의 금액에 해당하는 금액을 러시아 국영기업의 바우처(국민주)로 받기로 했습니다."

"후후! 값어치도 없는 바우처로요. 정말 대단한 계약을 맺으셨네요. 현재 금괴와 다이아몬드가 있는 장소를 열 수 있는 열쇠를 제가 가지고 있습니다."

루나는 지금 나에게 제의를 하고 있었다. 그녀는 바우처의 값어치를 제대로 알지 못했다.

"루나 씨가 원하는 게 무엇입니까?"

"세르게이가 대표님께 말한 10억 달러의 금괴만 넘겨주고 나머지를 우리가 나눠 가지지요. 목숨을 걸고 일한 대가 정도는 받아야 하지 않겠습니까?"

루나의 말에 마음이 흔들렸다.

러시아에서 사업을 진행하는 한 세르게이와 척을 둘 수는 없었다.

하지만 모든 사실을 알려주지 않았던 세르게이로 인해 나를 포함하여 동행했던 세 사람까지 목숨을 잃을 수도 있었다.

"혹시, 올레그 셰닌이 세르게이에게 10억 달러의 금괴만 이야기한 게 아닙니까?"

"그건 저도 알 수 없습니다."

'그럼 세르게이가 알 수도 있고 모를 수도 있단 말인데……'

"금괴를 어떻게 처리할 생각입니까?"

"강 대표님의 도움이 절대적으로 필요합니다."

"내 도움이 말입니까?"

"예, 지금 1시간 정도 거리에 동해항이 자리 잡고 있습니다. 그곳에서 2억 달러에 해당하는 금괴와 다이아몬드를 내리고 다시 출발하면 됩니다."

동해항은 강원 영동지방의 지하자원 개발을 촉진하고 시멘트 수송을 원활하게 하려는 목적으로 건설된 항구로서, 강원도 내 최대 무역항만이다.

루나는 사전에 모든 계획했던 것처럼 서슴없이 말했다.

"그럼 세르게이에게 나머지 금괴만 넘기겠다는 말입니까?"

"분명 그가 말한 대로 10억 달러의 금괴만 넘기면 됩니다. 사망자가 나온 상황에서 목숨을 걸고 가져온 10억 달러의 금괴만으로도 그는 만족할 것입니다. 후후! 거짓말을 했다면 올레그 셰닌과 세르게이가 한 것이니까요."

루나는 똑똑한 여자였다.

배에 추가로 실린 2억 달러의 금괴와 1억 달러 상당의 다이아몬드는 올레그 셰닌이 거짓말을 한 것으로 밀어붙여도 되었다.

더구나 세르게이가 말한 대로 10억 달러의 금괴를 가져온 마당에 그 또한 다른 말을 꺼낼 수 없을 것이다.

"나를 믿을 수 있겠습니까?"

동해항에 내려진 금괴와 다이아몬드를 내가 모두 소유할 수도 있었다.

"지금 배를 운전할 수 있는 사람은 저밖에 없다는 것을 아셔야 합니다. 또한 베트남에서 금괴를 기다리고 있는 올레그 셰닌를 처리할 사람도 저고요. 그가 어디에 머무는지는 저만이 알고 있으니까요."

루나는 올레그 셰닌까지 염두에 두고 있었다.

'그녀의 말처럼 올레그 셰닌이 금괴를 얻지 못한다면 그냥 넘어가지 않고 세르게이에게 모든 걸 털어놓을 수 있다. 올레그 셰닌까지 알아서 처리한다면… 이미 주사위는 던져졌다.'

거기까지 생각이 미치지 곧바로 그녀가 원하는 대답을 해주었다.

"좋습니다. 거래하지요. 얼마를 원하십니까?"

"이 배를 제게 넘겨주실 수 있다면 40%만 받겠습니다. 그렇지 못하다면 절반을 주셔야겠지요."

"현금으로 말입니까?"

"다이아몬드와 함께 절반은 미국 달러로 주세요."

상당한 양의 금괴는 오히려 쉽게 처분할 수 없었다.

루나가 요구한 금액은 보통 사람이 평생 동안 만져볼 수 없는 엄청난 금액이다.

현재 소련 평균 임금은 2백 83루블(약 1백 60달러)이었다.

"이렇게 많은 금괴를 처분하기가 쉽지 않은 일입니다."

내 말에 루나는 바로 답하지 않고 잠깐 뜸을 들였다.

"좋습니다. 처리 비용으로 5%를 대표님께서 더 가져가시지요. 대신 블라디보스토크에서 저를 곧장 벗어날 수 있게 해주서야 합니다."

"알겠습니다."

루나와 협상이 맺어지자 그녀가 다시금 조타 핸들을 잡았다.

그와 함께 그녀가 감추어 두었던 무전기를 통해 동해항으로 금괴와 다이아몬드를 운반할 컨테이너 트레일러를 보내라는 연락을 도시락에 전달했다.

Chapter 11

날씨가 좋지 않더니 기어이 비가 내리기 시작했다.

추적추적 내리는 비를 맞으며 금괴가 담긴 상자들이 동해항에 내려졌다.

금괴는 템페레호의 창고에 보관되어 있었다.

이중으로 된 가림막으로 창고 안에 또 다른 비밀 창고를 만들어 놓았었다.

창고 안에 빼곡하게 쌓여 있는 나무상자마다 10kg이 나가는 금괴가 30개씩 들어 있었다.

금괴가 담긴 나무상자 위에는 알루미늄괴로 표시되어 있

었다.

갑작스럽게 작업을 해야 하는 템페레호 선원들의 불만을
잠재우기 위해서 선원마다 2백 달러의 현금을 쥐여 주었다.

한 달 치 월급에 해당하는 뜻밖의 보너스에 선원들은 군
말하지 않고 일을 했다.

다이아몬드는 비밀 창고 안쪽에 위치한 별도의 공간 내
에 보관 중인 여행용 가방 두 개에 담겨 있었다.

도시락 본사에서 보낸 컨테이너 트레일러는 정확한 시간
에 도착했다.

갑작스러운 입항과 하역 작업에 동해항을 운영하는 항만
관계자가 불만을 제기하며 템페레호에 올라탔다.

"이거 통보도 되지 않은 작업을 하시면 어떻게 합니까?"

"죄송합니다. 저희가 수량을 잘못 체크하는 바람에 부산
에서 내리지 못한 물건들입니다. 몇 분이면 모두 끝날 것입
니다."

작업에 대한 설명과 함께 나는 그가 들고 있는 서류철에
흰 봉투를 얹어놓았다.

"이게 뭡니까?"

두툼해 보이는 봉투를 살피며 항만 관리자가 말했다.

"동료분들과 식사나 하시라고요. 저희 때문에 불편을 끼
쳐드렸으니까요."

나는 봉투와 함께 고개를 살짝 숙여 그의 비위를 맞춰주
었다. 봉투에는 현금 백만 원이 들어 있었다.

그의 한 달 월급에 해당하는 돈이었다. 돈을 보자 불만이
가득했던 항만 관리자의 표정이 바로 바뀌었다.

"허 참! 몇 분이면 됩니까?"

"예, 충분합니다."

"다음에는 이런 식으로 넘어가지 않습니다."

항만관리자는 재빨리 봉투를 우의 안쪽으로 집어넣으며
말했다.

"잘 알고 있습니다."

내 대답에 항만관리자는 별일 없었다는 듯이 갑판에서
내려갔다.

"이거 정말, 돈으로 안 되는 것이 없는 세상인 것 같습니
다."

김만철이 뒤에서 그 모습을 지켜보며 말했다.

"안 되는 것도 많습니다. 당연히 그래야 하고요."

"대표님만 그런 생각이시지 저들을 보십시오. 얼마 전까
지 우리를 죽이려고 했던 자들로 보이십니까?"

김만철은 선원들을 가리키며 말했다.

금괴가 든 나무상자들을 배에 설치된 크레인을 이용하여
아래로 조심스럽게 내려 보내고 있었다.

그들 모두가 처음과 달리 힘든 기색을 전혀 보이지 않고 밝은 모습이었다.

2백 달러를 보너스로 건넨 효과였다.

"잘못된 상사를 만나서겠죠."

나는 별일 아니라는 식으로 말했다.

"아이고, 전 아주 좋은 상사를 만나서 이 고생을 하고 있습니다."

김만철은 앓는 소리를 하며 말했다.

"지금 고생하는 모든 것이 언젠가는 반드시 보답으로 돌아올 것입니다. 저는 이 나라가 정의가 살아 있고, 열심히 노력하면 누구나 다 살아갈 수 있는 나라가 될 수 있도록 일조할 것입니다. 저의 힘만으로는 될 수 없으니까, 김 과장님이 많이 도와주셔야 합니다."

"이거 참, 제대로 코가 꿰어서 못한다고 할 수도 없으니. 하여간 앞으로 큰 문제만 일으키지 마십시오."

김만철은 항상 툴툴거리듯이 말하지만 그는 내가 가장 믿고 의지할 수 있는 사람이었다.

"걱정하지 마십시오. 이번 일만 마무리 지으면 더는 벌일 일도 없습니다."

"정말 그러서야 합니다."

확답을 받듯이 말을 하는 김만철의 모습에 웃음이 나왔다.

"하하하! 네."

김만철과 대화를 하는 와중에 나무상자가 모두 내려졌다는 신호가 왔다.

내려진 상자는 전부 지게차에 의해서 곧바로 컨테이너 트레일러에 실렸다.

금괴가 실린 컨테이너 트레일러는 부산에 있는 물류 창고로 향했다.

공사가 마무리된 부산 물류 창고는 닉스와 도시락에서 사용 중이었다.

모든 작업이 끝나자 템페레호는 동해항을 벗어나 블라디보스토크로 물살을 가르며 항해를 다시 시작했다.

*   *   *

청계천에 위치한 삼정실업의 분위기 심상치가 않았다.

"독수리가 모스크바에서 활발하게 움직이고 있습니다. 원숭이도 뭔가 냄새를 맡은 것 같습니다."

독수리는 미국을, 원숭이는 일본의 정보기관을 가리키는 말이다.

박영철 차장에게 보고하는 이장수 과장의 표정이 어두웠다.

"후! 첩첩산중이군. 독수리가 원숭이에게 정보를 흘렸을 수도 있겠지."

미국은 일본 정보기관과 협조가 잘 이루어지고 있었다.

"불곰은 오히려 땅콩의 존재를 모르는 분위기입니다."

"그쪽은 쿠데타 이후 너무 많이 가지를 잘라냈어. 죽은 가지만 잘라낸 게 아니라 싱싱한 생가지까지 쳐 버렸으니. 한데, 어떤 놈이 데리고 있길래 이렇게까지 숨겨놓은 거야."

삼정실업에도 다른 일보다 땅콩과 관련된 일에 치중하라는 명령이 내려졌다.

"설마, 유럽 애들이 움직인 것은 아니겠지요?"

"아니야. 그놈들은 동유럽 문제로 다른 곳에 눈 돌릴 여력이 없어. 더구나 요새 발칸반도가 시끄럽잖아. 모스크바 출장서는 어떻게 돼가고 있어?"

공산주의의 몰락과 함께 발칸반도에 위치한 유고슬라비아 연방이 해체되기 시작했다.

유고슬라비아는 여러 민족과 종교가 불안하게 얽힌 가운데 탄생한 국가로, 이제는 각자 독립을 주장하는 상태가 되자 내전의 위기에 휩싸였다.

"마련 중입니다. 대산그룹 쪽에서 적극적으로 협조해 주기로 했습니다."

땅콩(핵폭탄)과 관련해서 모스크바에 안기부 요원을 늘리려는 방법을 찾고 있었다.

그중 하나가 대기업상사주재원으로 파견하는 방편이었다.

대기업상사주재원은 러시아국가안전부(MBR)의 눈에서 벗어날 수 있었다.

하지만 잘못되면 해당 기업은 러시아에서 벌이고 있는 사업에 큰 차질을 가져올 수 있었다.

"시간이 얼마 없어. 잘못하면 모스크바를 빠져나갈 수가 있단 말이야."

박영철 차장은 이미 박상미가 모스크바를 벗어나 시베리아벌판을 달리고 있다는 것을 모르고 있었다.

"적어도 내일모레면 모스크바로 출발할 수 있을 것입니다."

"작전부 놈들도 손을 한번 봐줘야 하는데."

지금까지 안기부나 북한의 작전부는 서로에게 눈에는 눈 이에는 이로 되돌려 줬었다.

일선에 일하는 정보요원들은 휴전 이후에도 보이지 않는 전쟁을 벌여왔다.

"박상미의 일이 마무리되는 대로 제대로 청소를 할 것입니다."

"그래야지. 출장 갈 애들은 똘똘한 놈들로 골라뽑지?"

"예, 저희 쪽에서는 이 대리하고 정 대리가 파견되고, 타격을 위해서 707특임대 애들 세 명이 함께 갑니다. 1팀에서도 두 명이 지원되는 걸로 알고 있습니다."

"음, 구성은 괜찮은데, 인원이 좀 부족해 보이는데."

"최대치로 뽑은 인원입니다. 대산그룹에서 그 이상은 난색을 표명했습니다."

대산그룹의 모스크바 해외주재원을 모두 정보요원으로 채울 수는 없었다.

"할 수 없지. 모스크바에 있는 최 차장이 알아서 잘하겠지."

현재 모스크바팀을 맡게 된 인물은 두원물산의 최종원 차장이었다.

박영철과는 안기부 입사 동기였다.

*　　　*　　　*

앞으로 30분 후면 목적지인 블라디보스토크 항에 입항할 수 있었다.

대통령 비서실장인 세르게이와는 루나가 숨겨놓았던 무전기로 연락하였다.

템페레호는 일반 항구가 아닌 군함들이 정박하는 북쪽에 배를 입항할 예정이다.

템페레호가 군함들이 정박하는 곳에 배를 정박하는 이유는 금괴를 비밀리에 운반하려는 목적도 있었지만 식당 냉동고에 보관 중인 다섯 구의 시체 때문이기도 했다.

항구에 정박하는 대로 세르게이와 다시 통화하기로 했다.

보안상 일반 무전기로는 오랫동안 통화를 할 수 없었다.

"세르게이에게 이 배를 요구하겠습니다."

조타 핸들을 잡고 있는 루나를 보며 말했다.

"세르게이가 들어줄까요?"

루나는 크게 기대를 하지 않은 표정이었다.

그녀가 배를 요구했지만 그건 협상을 위해서 꺼낸 하나의 카드였을 뿐이다.

"세르게이도 제가 목숨을 잃을 수도 있는 상황을 인지했으니까요. 그런데 배를 얻으면 뭘 하고 싶습니까?"

"장사를 해야죠. 세계 곳곳을 다니면서 좋은 물건을 구매해서 러시아에 팔려고요. 제가 좋아하는 배도 타고 돈도 벌수 있고 좋잖아요."

흰 이를 드러내며 웃는 루나의 표정은 밝았다.

"이미 루나 씨는 많은 돈을 가지게 되지 않습니까?"

"제가 하고 싶은 일을 하려면 돈이 좀 더 필요하거든요."

루나가 하고 싶어 하는 일이 궁금했지만 묻지 않았다.

그러는 동안 템페레호는 목적지인 블라디보스토크 항에 들어섰다.

항구에는 세르게이가 보낸 인물들이 대기하고 있었다.

배가 항구에 무사히 들어서자마자 도교가 연결되었다. 그러자 수십 명의 인원이 재빠르게 갑판 위로 올라섰다.

아래쪽에는 금괴를 이동시킬 트럭들이 줄지어 서 있었다.

갑판에 오른 인물 중에서 한 사내가 함교로 올라와 나에게 말을 걸었다.

"알렉세이라고 합니다. 세르게이 비서실장께서 통화를 원하십니다."

"알겠습니다. 잠시만 기다려 주십시오."

나는 배를 무사히 블라디보스토크까지 운항한 루나를 돌아보았다.

"약속한 대로 일을 끝마치고 오겠습니다. 정말 수고가 많으셨습니다."

나는 배를 운항한 루나에게 고마움을 표했다.

어쨌거나 루나가 없었다면 이곳까지 배를 가져올 수 없었을 것이다.

"아닙니다. 강 대표님을 만나지 않았더라면 불가능했을 거예요. 알려드린 곳으로 연락주시면 됩니다."

루나는 어수선한 틈을 타 템페레호를 벗어날 생각이다.

배에 올라탔던 선원들 모두는 러시아 당국에 조사 대상이었다.

"알겠습니다. 그럼 몸조심하길 바랍니다."

"대표님도요."

루나와 인사를 마치고 알렉세이라고 이름을 밝힌 사내를 따라나섰다.

알렉세이가 안내해 준 건물 안에는 외부에서 도청할 수 없는 보안전화가 있었다.

전화는 이미 세르게이와 연결된 상태였다.

"여보세요, 강태수입니다."

─강 대표님, 정말 수고가 많으셨습니다. 불의의 사고가 발생한 점에 대해서는 심심한 유감을 표합니다. 대표님께 약속한 대로 국영기업인 룩오일(Lukoil)의 바우처가 지급될 것입니다.

석유회사인 룩오일은 2014년에 러시아 국영 천연가스회사인 가스프롬(Gazprom)에 이어 2위의 매출을 올렸고, 세계 20대 글로벌 석유회사에도 당당히 이름을 올린 회사다.

세르게이는 생색내듯이 말했지만 현재로서는 구소련의

국영기업이 그렇듯이 룩오일은 만성적인 적자와 생산력이 크게 떨어진 상태였다.

국가에서 보조금이 지원되지 않으면 당장에라도 문을 닫을 수도 있는 상황이었다.

하지만 룩오일이 가지고 있는 러시아 내 유전탐사권과 원유를 채굴하는 유정(油井)들을 상당수 소유하고 있었다.

"한 가지 부탁할 일이 있습니다."

―무엇입니까? 제가 처리할 수 있는 일이면 좋겠습니다.

"템페레호를 제게 주시면 안 되겠습니까? 러시아에서 벌이고 있는 사업에 도움이 될 것 같습니다."

이미 서류상으로 템페레호의 소유권은 내게 넘어온 상태였다.

―음, 알겠습니다. 강 대표님께 미안한 일을 이것으로 갚는 걸로 하겠습니다.

잠시 뜸을 들이던 세르게이가 흔쾌를 허락했다.

위험에 처했던 나의 이야기가 자칫 보리스 옐친의 귀에 들어가면 그도 곤란해질 수 있었다.

"고맙습니다."

―한데 배는 어떻게 몰고 오실 수 있었습니까? 배를 운항할 수 있는 사람이 없었을 텐데요.

'무슨 말이지? 루나에 대해 모르고 있는 건가…….'

배를 운항할 수 있는 선장과 일등항해사가 사망한 걸 세르게이도 알게 되었다.

그런데 그는 이등항해사인 루나의 존재를 모르는 것 같았다.

"다행히도 저와 함께했던 직원 중에 배를 운항할 수 있는 사람이 있었습니다."

굳이 루나의 존재를 드러낼 필요가 없다는 생각이 들었다.

─그랬군요. 하여간에 이번 일은 잊지 않겠습니다. 모스크바에 오시면 제대로 대접하겠습니다.

"감사합니다. 그때 찾아뵙겠습니다."

세르게이와의 통화를 끝내고 곧장 템페레호로 향했다.

템페레호의 화물 창고에서 금괴가 든 상자가 내려지고 있었다.

비밀 창고의 열쇠를 루나에게 받은 후 배가 블라디보스토크 항에 도착하기 전에 열어두었다.

루나는 이미 배를 떠난 뒤였다.

한데 놀랍게도 선실에 갇혀 있었던 기관장과 갑판장을 비롯한 선원 세 명이 모두 죽은 채로 발견됐다.

사인은 독극물이 든 음식물 때문이었다.

누군가가 다섯 명을 죽인 채 유유히 사라진 것이다.

나중에 안 사실이지만 죽은 자들만이 이등항해사인 루나

에 대해 잘 알고 있었다.

나머지 선원들은 루나의 정체에 대해 제대로 아는 자가 없었다.

분명 나와 함께 함교에서 배를 운항했던 루나는 화장실을 가기 위해 자리를 비운 적이 딱 한 번 있었다.

그녀가 저지른 일일 것이라는 심증은 있었지만 당장 확인할 방법이 없었다.

템페레호에서 열 명의 사망자가 나왔지만, 금괴의 노출을 막기 위해 제대로 된 조사는 이루어지지 않았다.

오히려 금괴에 대해 알고 있던 자들의 죽음은 한편으로 금괴에 대한 비밀을 유지하는 데 있어 오히려 좋은 일로 간주되었다.

그러한 점 때문에 나머지 선원들의 조사도 흐지부지되고 말았다.

이러한 것은 권력을 잡은 자들의 특성이었고 권력을 유지하는 하나의 방편이었다.

특히나 혼란이 계속되고 있는 러시아는 더했다.

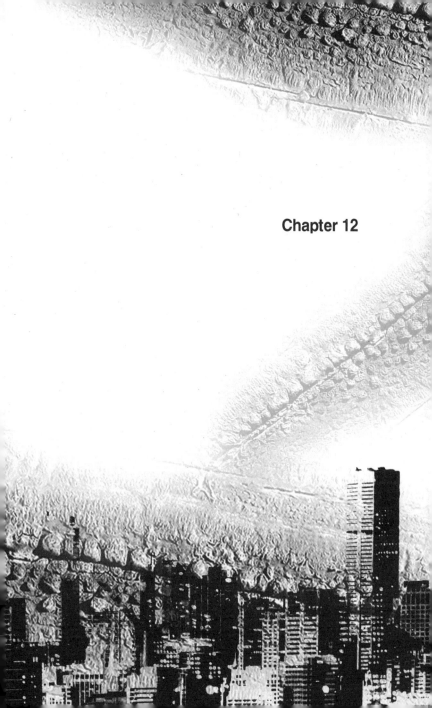

Chapter 12

블라디보스토크에 있는 도시락 지사에서 하룻밤을 보냈
다.

곧바로 일본으로 향하기에는 도저히 몸이 따르지 않았
다.

나를 비롯하여 모두가 익숙하지 않은 배에서 겪은 일로
녹초가 되었기 때문이다.

다들 숙소에 도착하자마자 쓰러지듯이 잠들었다.

다음 날 오전 10시가 되어서야 눈이 떠졌다.

그때 모스크바에서 반가운 소식이 전해졌다.

열차에서 습격을 받았던 블리노브치가 의식불명 상태에서 깨어났다는 소식이다.

이는 곧 세레브로 제련공장에 보관 중인 금괴를 블리노브치를 통해서 처리할 수 있어졌다는 말이었다.

금괴를 운송한 일로 세르게이에게 받기로 한 대가는 모두 룩오일(Lukoil)의 바우처를 인수하는 데 들어갔다.

미국에 퀄컴과 마이클 조던에게 보내야 하는 돈은 모두 세레브로 제련공장의 금괴를 처리해야 얻을 수 있었다.

또한 블리노브치가 깨어남으로써 모스크바에서 벌어지고 있는 마피아들 간의 전쟁도 달라질 것이다.

한마디로 체첸마피아에게는 악재였다.

식사를 마치고 루나가 알려준 연락처로 전화를 걸었다. 하지만 전화벨이 계속 울리는데도 전화를 받지 않았다.

"이상하네. 이 전화번호가 맞는데."

몇 번을 더 걸어보았지만 마찬가지였다.

루나와 헤어지기 전에 만약을 위해서 도시락 명함을 주었었다. 명함에는 모스크바지사와 서울에 위치한 도시락 본사 전화가 찍혀 있었다.

"전화를 안 받습니까?"

식사를 마치고 사무실로 들어온 김만철이 물었다.

"예, 세 번이나 걸었는데 받지를 않네요. 뭔가 잘못된 게 아닌지 모르겠습니다."

"강단 있는 처자인데, 기다리면 연락이 올 것입니다."

김만철은 별 대수롭지 않게 말했다.

"그럴까요?"

"그녀 혼자서 처리한 일을 보십시오. 아마도 우리에게 보인 얼굴도 본모습이 아닐 수 있습니다."

김만철의 말을 들으니 주근깨로 가득했던 루나의 얼굴이 어딘가 어색하다는 느낌을 받긴 했었다.

김만철은 이미 그녀에 대한 정체를 파악한 것 같았다.

어쩌면 루나라는 이름도 가명일 수 있다는 생각이 들었다.

*   *   *

블라디보스토크 항에 정박 중인 템페레호는 전반전으로 내부 청소와 정비를 위해 몇 주간 머물러야만 했다.

계획대로 우리 네 명은 저녁 비행기로 일본으로 향했다.

우리가 일본으로 출발할 때까지도 루나와는 연락이 되지 않았다.

블라디보스토크공항에서 출발한 우리는 일본의 도야마공항에서 비행기를 갈아타고 도쿄에 위치한 하네다공항에 도착했다.

러시아를 떠나기 전에 미쓰코시백화점 관계자와 약속을 잡아놓았다.

박상미는 이틀 후면 블라디보스토크에 도착할 예정이었다.

우리는 박상미가 한동안 머물 수 있는 집을 구해주었다. 도쿄의 롯본기역 근처에 위치한 한적한 주택이었다.

롯본기는 2003년 초현대식 고층빌딩인 롯본기힐즈의 등장과 더불어서 쇼핑과 관장의 명소로 등장한 지역이었지만 지금은 그러한 모습을 볼 수 없었다.

박상미가 성형 수술을 받게 되는 병원은 집에서 15분 정도 거리에 떨어져 있었다.

우리는 근처 호텔에 여장을 풀었다.

이제 박상미의 일만 마무리되면 한국으로 돌아가 사업에 전념해야만 한다.

러시아와 미국에서 확장된 사업들이 생각보다 커졌기 때문이다.

이제는 국내에만 머물러서는 사업체를 운영할 수 없을 정도였다.

호텔에 짐을 풀자마자 호텔 직원에게 안내를 받아 근처에 맛있는 초밥집으로 저녁을 먹으러 나섰다.

텐수시라는 간판이 걸린 작은 초밥집이었다.

늘 사람들이 줄을 서서 먹는다는 집이었지만 다행히도 기다리지 않고 바로 자리에 앉을 수 있었다.

네 명의 건장한 체격의 사람들이 들어서자 일곱 개의 좌석만 갖춰진 초밥집이 꽉 차 보였다.

일렬로 된 좌석뿐이었고 따로 테이블이 놓여 있지 않았다.

코스로 주문한 초밥들이 나오자 초밥의 본고장의 맛을 그대로 맛볼 수 있었다.

참치 대뱃살 부위를 비롯하여 15개의 초밥이 나왔다.

1인당 5천 엔이라는 작지 않은 돈을 지급했지만 만족스러운 저녁이었다.

마지막으로 내준 후식을 먹을 때였다.

초밥집 밖이 시끄러웠다. 그리고 잠시 뒤에 문을 거칠게 열며 세 명의 사내가 들어왔다.

기다리고 있던 줄을 무시하고 가게 안으로 들어온 것이다.

포마드 기름으로 머리를 올백으로 넘긴 사내를 필두로

두 명의 사내는 짧은 스포츠머리를 하고 있었다.

사내들의 분위기로 보아 일본 야쿠자인 것 같았다.

초밥집 사장은 이들의 등장에 당황하는 기색이 역력했다.

세 사내는 식사를 하는 우리를 노골적으로 쳐다보면서 거칠게 의자를 빼며 앉았다.

"영감, 우리가 늘 먹던 거로."

나이가 들어 보이는 초밥집 주인에게 반말투로 말하는 올백 머리는 이십 대 후반으로 보였다.

그 옆으로 자리를 넓게 차지한 스포츠머리도 비슷한 나이대였다.

주문을 마친 이들은 자기 집 안방에서처럼 시끄럽게 떠들기 시작했다.

"손님들이 계십니다. 좀 조용히……."

초밥집 주인의 부탁이 끝나기도 전해 올백 머리가 신경질적으로 말했다.

"칙쇼(닥쳐)! 영감이 겁을 상실했나. 누굴 훈계하는 거야!"

탁!

테이블에 손을 내려치자 물을 따라놓은 찻잔이 쓰러지며 물이 튀었다.

튀어 오른 물이 나와 김만철의 옷에 날아와 묻었다.

"이봐! 물이 튀었잖아!"

김만철이 참다못해 소리쳤다.

그러자 바로 옆에 있던 스포츠머리가 김만철을 돌아보며 말했다.

"조센징 주제에 어딜 나……."

컥!

일본어를 잘 모르지만 조센징이라는 단어를 알아들은 김만철의 손이 스포츠머리의 목울대를 사정없이 가격했다.

양손으로 목을 부여잡은 사내의 얼굴은 순식간에 시뻘겋게 변하며 몹시 괴로운 표정을 지으며 바닥에 주저앉았다.

켁! 켁!

숨이 쉬어지지 않는지 침을 길게 흘리며 숨을 쉬기 위해 안간힘을 썼다.

그 순간 올백 머리와 그 옆에 있던 인물이 자리를 박차고 일어나려고 했다.

그때

딱! 딱!

무언가 꽂히는 소리가 들렸다. 그리고 곧바로 비명 소리가 연달아 들려왔다.

"악!"

"으악!"

테이블 위로 올려졌던 두 사람의 손등 위로 나무젓가락이 날아와 꽂힌 것이다.

티토브 정의 솜씨였다.

자신들의 손등에 박힌 젓가락을 보며 고통스러운 표정을 짓고 있던 두 사람의 면상이 심하게 일그러지며 그대로 바닥에 쓰러졌다.

김만철의 성질을 돋운 결과였다.

"아, 정말! 쪽발이 새끼들은 이래서 안 돼. 꼭 매를 벌어요."

김만철은 두 사람 면상을 일그러뜨린 손을 털며 말했다.

나는 김만철과 티토브 정의 행동을 말리지 않았다. 야쿠자의 행동이 너무 안하무인이었기 때문이다.

세 명의 야쿠자가 순식간에 무력화되어 쓰러지자 초밥집 사장의 표정은 두려움임 가득했다.

우리 또한 야쿠자와 같은 사람들로 생각한 것이다.

야쿠자는 일본의 대표적 폭력조직으로, 이탈리아의 마피아, 중국의 삼합회(三合會)와 함께 세계 3대 폭력조직이다.

마피아와 마찬가지로 야쿠자도 일본에서는 거의 합법적인 실체다. 폭넓은 사업 및 정치 활동을 하고 있다.

"안심하십시오. 저희는 사업 때문에 일본을 방문한 사람들입니다."

"하이. 하이."

내 말에도 초밥집 주인은 겁에 질린 채로 고개를 조아리며 '예예'만 반복했다.

여기에 계속 머물다가는 초밥집 주인이 낭패를 당할 것 같아 계산을 치른 후에 밖으로 나왔다.

초밥집 밖에서 대기하고 있던 사람들도 안에서 들려왔던 싸움 소리에 자리를 피한 상태였다.

초밥집을 나와 숙소로 걸어가고 있을 때였다.

초밥집에서 얼마 떨어지지 않은 건물에서 여섯 명의 사내가 급하게 뛰어나오는 것이 보였다.

그들의 손에는 알루미늄 야구방망이가 들려 있었다.

"어째, 저들이 우리 쪽으로 오는 분위기인데."

김만철이 말처럼 여섯 명의 사내는 곧장 우리에게로 걸어오고 있었다.

"그냥 지나치면 좋겠습니다."

그러나 내 바람대로 되지 않았다.

"어이! 너희 텐수시에서 나온 놈들이지."

맨 앞에 선 사내가 인상을 쓰며 말했다.

"정말! 올해 토정비결이 좋지 않았나? 어딜 가나 피곤한 일이 생기네."

김만철이 푸념하듯 말을 내뱉었다.

그때 뒤쪽에 올백으로 머리를 넘겼던 사내가 비틀거리며 언덕을 걸어 내려왔다.

그의 왼손에는 수건이 감겨 있었다.

"그놈들이야!"

정신을 차린 올백 머리가 연락을 취한 거였다.

공교롭게도 야쿠자의 사무실이 초밥집에서 얼마 떨어지지 않은 곳에 있었다.

올백 머리가 손을 들어 우리를 가리키자 야쿠자들이 고함을 지르며 달려들었다.

"와! 죽여 버려!"

"이얍!

우리도 가만있을 수 없었다.

나를 비롯한 세 사람이 동시에 몸을 날렸다.

허공을 마음대로 날아다니는 날쌘 제비처럼 여섯 명의 야쿠자는 우리들의 움직임을 따라오지 못했다.

들고 있던 알루미늄 야구 배트를 제대로 휘두른 인물은 단 두 명뿐이었다.

그들 또한 알루미늄 야구 배트가 빈 허공을 가르는 순간 두 발이 땅에서 떨어져 그대로 바닥으로 곤두박질쳤다.

쿵!

철퍼덕!

단 한 번의 움직임으로 인해 야쿠자들 모두가 바닥에 나뒹굴었다.

외마디 비명조차 제대로 내지르지 못한 채 모두가 정신을 잃어버렸다.

그 광경을 지켜본 올백 머리는 도저히 믿지 못하겠다는 표정이었다.

바닥에 누워 미동조차 하지 못하는 여섯 명은 싸움에 일가견이 있는 인물이었다.

조직 간의 마찰이나 싸움이 일어날 때에 거침없이 선두에 서서 기선을 제압하는 인물이었기에 올백 머리가 받은 충격은 더욱 컸다.

우리를 향해 걸어오던 올백 머리는 기가 질린 듯 주춤거리며 그 자리에 멈춰 섰다.

"허허! 저놈 바지에 오줌을 지렸을 것 같은데, 더는 귀찮게 않을 것 같네."

올백 머리를 바라보던 김만철이 말했다.

"가시죠. 또 어디서 같은 패거리가 튀어나올지 모르니까요."

우려스러운 것은 일본은 야쿠자들의 세력이 상당하다는

것이다.

가장 유명한 야쿠자는 944개의 네트워크화된 폭력단체에 2만 6,000명의 단원을 가진 야마구치구미, 8,600명의 단원을 가진 이나가와회 7,000명의 단원을 가진 스미요시회 등이다.

시간이 갈수록 야쿠자는 점점 안정된 중앙집권화 구조를 갖게 되었다.

야마구치구미는 80년엔 야쿠자 중 11%만 지배했지만, 92년도엔 전체 야쿠자의 40% 정도를 차지하게 되었고 그들은 1,300여 개의 작은 조직을 지배했다.

이와 같은 결과는 1988년 조직을 장악한 와타나베 요시노리의 구조개혁 때문이었다.

1990년대 들어 기존의 피라미드식 조직을 준자율구역을 가진 7개 지부로 전면 개편했다.

경찰의 단속을 효과적으로 피하고 조직 내외 갈등을 유연하게 대처하기 위함이었다.

와타나베는 또 각 지역의 라이벌 조직과는 친선정책을 펴 경쟁관계가 아닌 공존관계를 유지해 나갔다.

야마구치구미나 이나가와회, 스미요시회와 같은 조직들이 수십 년간 일본에서 살아남을 수 있었던 것은 이들이 정치권에 대해서 피나는 충성을 다했기 때문이다.

특히나 자민당 정권의 부패와 이들의 이익이 맞아 들어가면서 양쪽 다 장기간에 걸친 독과점체제를 유지할 수 있었다.

올백 머리는 도쿄 롯본기를 거점으로 하는 일본의 3대 조직인 이나가와회에 속한 인물이었다.

이나가와회는 야마구치구미와 가장 대표적으로 비교되는 경쟁 조직이자 가장 전통적인 형태의 야쿠자 조직이다

올백 머리가 얼어붙은 모습을 뒤로한 채 우리는 자리를 떠났다.

더는 야쿠자와 얽혀서 좋을 것이 없었다.

하지만 우리가 그곳을 떠나고 얼마 뒤 이나가와회는 벌집을 쑤셔댄 것처럼 발칵 뒤집혔다.

우리 네 사람을 관동 진출을 노리고 있는 야마구치구미에서 보낸 인물들로 판단한 것이다.

*　　　*　　　*

우리는 곧장 호텔로 향하지 않고 그동안에 쌓인 피로를 풀기 위해 택시를 타고 긴자거리로 향했다.

긴자는 도쿄에서 가장 비싼 거리이자 상류층의 거리라는 이미지가 강한 곳이다.

대형 백화점과 유명 부티크, 고급 레스토랑, 명품샵이 즐비한 이곳은 일본의 고급스러운 쇼핑 문화를 엿볼 수 있다.

닉스의 입점을 상의하게 될 미쓰코시백화점도 긴자거리에 자리 잡고 있었다.

일본에서 가장 유명한 번화가에서 닉스가 얼마나 통할지는 미지수였다.

섬나라 특유의 기질 때문인지 일본 사람들은 자국 상품과 자국 브랜드에 대한 선호도가 다른 나라보다 남달랐다.

더구나 지금 이 시대는 일본에서의 한국 브랜드의 이미지가 현저하게 낮았다.

오히려 한국이 일본 제품에 대한 선호도가 상당히 높았다.

특히나 일본의 가전제품과 화장품이 큰 인기를 끌었다. 소니와 산요, 그리고 파나소닉의 워크맨은 가장 인기를 끄는 제품이었다.

1992년은 일본 경제의 거품이 꺼지기 시작했던 91년부터 일본 경제의 암울한 시기가 본격적으로 시작된 해이기도 하다.

1986~1990년까지 평균 경제성장률이 4.8%였지만 91년부터 95년까지 경제성장률이 1.4%로 떨어졌다.

닛케이 평균 주가를 보면 1991년 2월부터 급락해 1998년

10월 9일에는 12,879엔 97전에 달하여 1989년 최고치보다 67% 정도 하락했다.

도심 지역의 부동산 가격 또한 버블 시기의 3분의 1 이하로까지 떨어졌다.

하지만 1992년 1월의 긴자거리는 그러한 분위기가 전혀 감지되지 않은 모습이었다.

사람들의 시선을 끌고 있는 네온사인들과 고급스러운 분위기를 내보이고 있는 거리는 화려한 모습이었다.

나는 거리를 지나는 사람들의 모습을 유심히 살폈다.

일본의 패션과 문화를 주도하는 곳이었기에 거리를 거니는 사람들의 옷차림도 세련되고 멋이 있었다.

일본은 세계적인 패션디자이너를 여러 명 배출했다.

더구나 긴자의 하루미도리 남쪽과 긴자도리와 쥬유도리의 중간은 그야말로 미술화랑이 넘쳐나는 문화의 거리다. 이곳에는 대략 200개의 화랑이 밀집해 있었다.

"야아! 이곳은 정말 서울과는 또 다르네요."

김만철의 긴자의 거리를 둘러보며 말했다. 그는 일본이 처음은 아니었다.

그는 일본 당국의 눈을 피해 조총련의 거물급 인사를 몰래 북한으로 밀입국시키기 위해 일본 땅을 방문한 적이 있었다.

달빛도 없는 한밤중에 이시카와 현에 위치한 한적한 바닷가에서 벌인 작전이었다.

"한국이 일본을 따라잡으려면 앞으로 10년은 더 걸릴 것입니다. 아직은 일본에 배울 것이 많습니다."

나는 당장에라도 일본을 앞서고 싶은 생각이 굴뚝같았지만 현실은 그러지 못했다.

문제는 앞으로 5년 후면 한국에 혹독한 시련을 안겨준 IMF(국제통화기금) 경제 위기가 닥쳐올 것이다.

IMF가 닥쳐오기 전에 나는 많은 준비를 해야 했다.

우리는 긴지의 거리를 살피다 이시노하나라는 가판이 달린 술집으로 들어갔다.

30평 정도 넓이의 술집으로 세계의 각 나라의 양주와 칵테일을 파는 유럽스타일의 레스토랑 형태의 술집이었다.

전면에 있는 진열장에는 고급스러워 보이는 양주들이 진열되어 있었고 바에 있는 바텐더들은 모두 깔끔한 정장을 갖추고 손님을 맞이했다.

바와 테이블에는 여덟 명의 손님이 술을 즐기고 있었다.

*　　　*　　　*

롯본기의 거리에 갑작스럽게 검은 양복을 입은 야쿠자들

이 모여들기 시작했다.

서너 명씩이 함께 다니며 누구를 찾는 건지 손에는 무전기까지 들려 있었다.

그들은 롯본기 주변에 위치한 호텔과 여관들까지 둘러보았다.

적어도 백 년 이상 되어 보이는 일본 전통의 고택에 50대로 보이는 남자가 입에 문 담배에 불을 붙였다.

그는 실내에서도 짙은 선글라스를 쓰고 있었고, 그가 앉아 있는 앞쪽으로 일본 전통 양식의 정원이 아름답게 펼쳐져 있었다.

선글라스로 가린 사내의 오른쪽 눈 아래에는 칼로 벤 듯한 깊은 상처가 자리 잡고 있었다.

사내의 이름은 이나가와 세우조로 일본 3대 조직 중에 하나인 이나가와회(稻川會)를 이끌고 있었다.

그의 앞에는 왼손에 붕대를 감은 올백 머리가 자리했다. 텐수시 초밥집에서 싸움을 유발한 인물이었다.

그의 이름은 다카다였다.

"다카다, 확실한 것이냐?"

이나가와의 말에 다카다는 바로 쳐다보지 못하고 고개를 숙이며 답했다.

"예, 지금까지 그런 인물들을 본 적이 없었습니다. 야마구치구미에서 비밀리에 무도가를 영입했다는 정보와도 일치합니다."

"히트맨이 아니라 무도가라?"

일본의 야쿠자에는 '히트맨'이라고 하는 존재가 있다.

다른 조직의 나와바리(영토)에 뛰어들어 칼을 맞거나 얻어터져 싸움을 유발하는 역할을 한다.

히트맨의 희생을 계기로 조직이 상대에게 싸움을 걸어 전쟁을 벌이고 영토 확장을 꾀하는 것이다.

"새로운 방식으로 싸움을 걸어온 것 같습니다."

선글라스를 쓰고 있는 인물의 옆에 앉아 있는 사내가 대답했다.

선이 굵은 얼굴에나 평소 운동을 많이 했는지 다부진 몸을 가진 사내였다.

그 또한 짧은 스포츠머리 스타일에 40대 초반으로 보였다.

이름은 다카하시로 이나가와회에서 행동대장과 같은 역할을 했다.

"싸움의 방식을 바꿨다는 말인가?"

"놈들이 역으로 우리를 도발하게 만든 것입니다. 와타나베가 현재 미국으로 나간 상태입니다. 놈들의 보스를 안전하게 만든 후에 싸움을 걸어온 것으로 보면 됩니다."

"놈들에게 연락을 해봤나?"

"자신들이 아니라고 부인했지만, 시기가 너무 절묘합니다. 일화회가 우리에게 반발하고 나선 것부터 말입니다. 더구나 야마구치구미(山口組)의 와타나베가 올해를 관동 진출의 원년으로 삼겠다는 말을 뱉었다고 합니다."

일화회는 이백 명의 조직원을 가지고 있는 폭력단체로 이나가와회에 속한 하부 조직이었다.

이들을 본가는 필두로 직계 조직인 2차 상부 단체를 두고 그 밑으로 하부 단체를 두어 수없이 또 다른 하부 단체를 만들어내는 피라미드 방식이다.

크게는 3차~6차 하부 단체까지 있는 경우도 있다.

"한데 그놈들의 실력이 그렇게나 대단했다고 하는데. 나무젓가락으로 손등을 꿰뚫은 것도 모자라서 탁자에까지 박힌 게 사실이야?"

"예, 그러한 것은 생전 처음 겪어보았습니다. 어느 순간 제 손등에 젓가락이 꽂혀 있었습니다."

"음, 부하들에게 확실히 그러한 점을 주지시켜라. 또한 괜한 공명심 때문에 나서서 일을 망치지 말라고도 전해라. 놈들이 또다시 도발할 수도 있으니까, 그것에 대한 준비도 갖추는 것도 잊지 마라."

요즘 젊은 야쿠자들은 전후를 살피지 못한 채 불나방처럼 물불을 가리지 않고 달려들었다.

그들은 상부 조직에 자신을 드러내고 싶어 했다. 하지만 그러한 것이 오히려 일을 망치기도 했다.

"알겠습니다. 하면 항쟁을 준비할까요?"

다카하시가 조심스럽게 물었다.

"아니야. 상황이 절묘하다 해도 분위기 좋지 않을 시기에 와타나베가 항쟁을 일으키려고 한다는 것이 이치에 맞지 않아. 놈은 머리가 비상하거든. 하여간 놈들이 도쿄를 떠나지 않았다면 어떻게든 잡아들여. 그래야 확실하게 알 수 있으니까."

1992년 일본 정부는 악순환이 계속되고 있는 야쿠자 문제를 근본적으로 해결하고자 하는 차원에서 3월 1일 자로 "폭력단원의 부당행위방지에 관한 법률(야쿠자신법)"을 제정하기에 이른다.

경찰은 야쿠자의 7대 조직을 감시와 단속 대상으로 규정하고 본격적인 활동을 벌이기 시작하였다.

이에 대해 야쿠자조직들은 최고 변호사들을 고용하여 위헌소송을 내는 한편, 우익 단체로 대거 체질을 개선하여 정권과의 유착관계를 강화하고자 노력하였다.

이나가와는 정부가 추진하고 있는 야쿠자신법을 알고 있

었다.

자중해야 하는 이때에 조직 간의 피를 부르는 항쟁은 이치에 받지 않는다고 생각한 것이다.

야마구치구미의 경우에는 오야붕인 와타나베 요시노리의 지시로 160여 명의 간부가 기업체 임원이나 부장, 고문 등의 직급으로 위장 전환하였다.

물론 새로운 꼬붕(부하)들을 모집하는 방법도 기존의 회사와 같은 신규사원 모집 방식을 채택하였다.

신문이나 잡지에 자신들이 세운 회사 명의로 신입사원을 모집한다는 광고를 내고 정식 절차에 의한 조직원 채용을 시행하였다.

조직의 명칭을 주식회사로 대거 바꿨으며 조직원들의 계급에 따라 부장, 상무, 전무, 과장, 계장과 같은 직함이 주어졌다.

외국에 대한 활동도 강화하여 주변국인 한국이나 중국, 홍콩, 태국과 같은 국가에 지점망이라는 이름으로 많은 수의 조직원을 파견하였다.

"알겠습니다."

다카하시는 고개를 숙이며 자리에서 일어났다.

무릎을 꿇고 앉아 있던 올백 머리도 엎으려 절을 한 조심스럽게 뒤로 물러났다.

이나가와회를 이끄는 이나가와 세우조를 직접 대면할 위치가 아니었다.

그가 부르지 않았다면 말이다.

Chapter 13

　　우리는 바텐더가 추천한 코냑을 마시며 앞으로의 일정을
논의했다.

　　"내일모레 박상미 씨가 도착하면 저희는 한국으로 돌아
갈 것입니다."

　　"여자끼리 둬도 괜찮을까요?"

　　김만철이 내 말에 물었다.

　　"오히려 남자들이 주변에 있으면 다른 사람들의 눈에 띌
수 있습니다. 두 사람이 자연스럽게 일본 관광을 온 것처럼
해야 합니다."

박상미와 그녀를 보호하기 위해 율리나가 동반하고 있었다. 일본에 거주할 동안에도 율리나가 함께할 것이다.

"그래도 만약을 대비해서 우리 중에 한 사람이 남아 지켜봐야 할 것입니다."

티토브 정의 말이었다.

"저도 그러는 게 좋다고 생각합니다. 또한 두 사람에게 이야기하지 말고 지켜보는 것이 안전할 수 있습니다."

드리트리 김도 티토브 정의 말에 찬성하는 말을 했다.

나는 두 사람의 이야기를 따르기로 했다.

"그러면 누가 남아 있겠습니까?"

"제가 있도록 하지요. 일 때문에 도쿄를 두 번 방문했었습니다. 이곳 지리도 어느 정도 익숙하니 제가 있는 게 나을 것입니다."

드리트리 김은 일본어로 어느 정도 의사소통할 수 있었다.

"그럼 김 대리님께서 박상미 씨가 스페인으로 떠날 때까지만 수고해 주십시오."

"알겠습니다."

드리트리 김의 대답이 하자 옆에 있던 김만철이 잔을 들며 말했다.

"자! 복잡한 이야기도 끝났으니까, 이제 마음껏 마시자고."

"그러시죠. 그동안 정말 수고들 많으셨습니다. 마음껏 드십시오."

나 또한 잔을 들며 말했다.

우리 네 사람은 그동안의 피로를 풀 듯이 아무런 부담 없이 술을 마셨다.

나를 뺀 세 사람은 말술이었다.

러시아 출신인 티토브 정과 드리트리 김은 물론이고 김만철 또한 만만치 않은 술꾼이었다.

한 시간이 지나자 테이블에는 세 병의 양주가 비워졌다.

우리가 술을 마시는 양은 이곳에서 술을 즐기고 있는 사람들보다도 많았다.

이제는 열 명 정도의 손님이 있는 상황에서 또다시 양주한 병을 더 시켰다.

그러자 술을 마시는 우리를 신기한 듯 쳐다보고 있었다.

그도 그럴 것이 독한 양주를 한 명당 한 병씩 마신 꼴이 되었다.

오늘 하루였지만 근심 걱정 없이 술을 마신다는 것이 유쾌하고 즐거웠다.

각자가 러시아에서 죽을 뻔했던 이야기를 꺼내며 웃음을 꽃을 피우고 있었다.

그러는 사이 이나가와회에는 우리 네 사람의 몽타주까지

작성해서 찾고 있었다.

이미 롯본기를 비롯하여 긴자거리와 신주쿠, 그리고 시부야까지 천여 명이 넘는 야쿠자가 두 눈을 켜며 주변을 샅샅이 뒤지고 있었다.

*   *   *

우리는 새벽 1시가 넘어서야 술자리를 파했다.

나를 비롯한 세 사람 모두가 은근히 취기가 올라온 상태였다.

술값이 상당히 나왔지만 그 정도는 충분히 치를 수 있는 능력이 있었다.

새벽이었지만 긴자거리는 여전히 사람이 많았다.

택시를 타기 위해 도로로 나가는 도중 호객꾼과 삐끼들이 계속해서 우리를 잡고는 놔주질 않았다.

여자들과 함께 술을 마실 수 있는 술집을 선전하는 호객꾼들의 행위가 눈살을 찌푸릴 정도였다.

네 사람 다 술기운을 풍기고 있어선지 아주 좋은 먹잇감으로 본 것 같았다.

"술은 그만되었습니다."

나의 팔을 붙잡고 늘어지는 인물에게 말을 했지만 그는

아랑곳하지 않았다.

"최고의 아가씨들과 함께 저렴하게 술을 마실 수 있는 곳입니다."

"됐습니다. 지금 바쁜 일이 있습니다."

다른 사람보다 내가 제일 만만했는지 호객꾼은 나를 물고 늘어졌다.

"인제 그만! 한 번 말을 하면 들어야지. 이 새끼들은 왜 그런지 몰라."

뒤에 있던 김만철이 한국말로 큰소리쳤다.

김만철의 말에 물러날 줄 알았던 호객꾼의 표정이 일그러지며 오히려 시비조로 나왔다.

"이런 일을 한다고 날 우습게 보는 거야, 뭐야?"

약간은 어눌하지만 호객꾼의 입에서 한국말이 나왔다.

재일교포인지 아니면 한국말을 배운 것인지는 알 수 없었다.

"어! 한국말 하네. 여기서 이러지 말고 가서 다른 사람한테나 영업해."

김만철은 앞을 막고 선 젊은 호객꾼의 어깨를 살짝 밀치며 말했다.

그 순간 호객꾼은 기다렸다는 듯이 그대로 바닥에 쓰러졌다. 그리고는 어깨를 감싸며 몹시 괴로운 표정과 함께 신음을 크게 내질렀다.

"아악!"

"뭐냐?"

"어디서 시비를 걸어?"

그러자 주변에 있던 또 다른 호객꾼들이 약속이나 한듯 쓰러진 사내 주변으로 몰려들었다.

그러한 모습에 김만철은 어이없는 표정을 지었다.

"지 혼자 쇼를 하네."

우리 또한 호객꾼의 갑작스러운 행동이 우스울 뿐이었다.

"그냥 가지죠. 상대해 봤자 피곤합니다."

술기운 때문이라도 피곤한 자리를 빨리 피하고 싶었다.

내 말에 세 사람은 자리를 떠나려고 했지만 모여든 호객꾼들은 우리를 그냥 보내줄 생각이 없어 보였다.

"이봐! 사람을 이 모양으로 만들어놓고 어디 가는 거야?"

머리를 금발로 물들인 사내가 앞을 막아섰다. 그는 처음부터 모든 상황을 지켜보던 인물이었다.

분명 쓰러질 정도로 김만철이 호객꾼을 밀치지 않았다는 것을 알고 있었다.

"여기도 이런 양아치 같은 놈들이 판을 치네."

내가 더는 참을 수가 없었다.

"빠가야로! 여기가 어디라고 감히……."

순간 금발 머리가 그대로 4~5m를 날아가 바닥에 처박혔다.

우당탕!

김만철이 전광석화처럼 몸을 회전시키며 금발 머리의 턱에 돌려차기를 적중시켰다. 그가 알아들을 수 있는 일본말 중에 하나가 욕이었다.

더구나 나를 향해 던진 욕에 그의 화를 더욱 돋게 하였다. 그는 나에 대한 일이라면 물불을 가리지 않았다.

김만철은 거기서 멈추지 않고 그대로 날아올라 주변을 둘러싸고 있던 호객꾼들을 면상을 연달아 차올렸다.

술을 마셨는데도 오히려 움직임 더욱 빨랐다. 네 명의 인물 또한 바닥에 그대로 맥없이 쓰러졌다.

그 순간 바닥에 누워 모든 상황을 지켜보던 호객꾼의 표정이 백팔십도 달라졌다.

아파서 죽을 것같이 바닥에서 몸을 뒹구는 모습에서 곧장 일어나 무릎을 꿇었다.

"아이고, 선생님들을 몰라 뵈었습니다. 한 번만 용서해 주십시오."

그의 돌발적인 행동에 우리 모두 어이가 없었다.

한편으로는 상황에 따라 곧장 행동이 달라지는 호객꾼의

모습이 어쩌면 거리에서 살아남기 위한 수단일 수 있다는 생각이 들었다.

거리에서 활동하는 호객꾼들의 뒤를 봐주는 것은 야쿠자들이었다.

무릎을 꿇고 있는 호객꾼도 우리를 그런 쪽으로 생각한 게 아닐까 싶다.

그는 강자에겐 약하고 약자에게는 한없이 강한 척하는 거리의 일꾼일 뿐이었다.

우리가 택시를 타고 호텔로 돌아왔을 때에 긴자거리에서 호객꾼의 다툼이 야쿠자의 귀에도 들어갔다.

호객꾼들의 이야기에 살이 붙여졌고 마치 김만철이 하늘을 날았다는 무용담으로 커졌다.

밤새 우리를 찾기 위해 거리를 돌아다닌 야쿠자와 달리 나를 비롯한 세 사람은 호텔에 들어서자마자 침대에 쓰러졌다.

술집에서 나올 때까지 우리가 마신 양주가 여섯 병이었다.

거기다 맥주까지 입가심용으로 마셨기 때문에 그 양이 장난이 아니었다.

우리를 찾기 위해 천여 명을 동원한 이나가와회의 활발

한 움직임이 일본 3대 폭력조직인 스미요시회의 눈에도 포착되었다.

*　　*　　*

미쓰코시백화점 관계자와의 약속은 오후 4시였다.

미쓰코시백화점은 다른 일본 백화점보다 한국 상품에 대한 관심을 드러냈다.

몇 년 전에도 한국 상품전을 열었다. 하지만 기대만큼 큰 성과를 얻지는 못했다.

미쓰코시백화점 맞은편에 위치한 와코백화점은 아직 닉스에 대한 관심을 보이지 않았다.

두 백화점은 긴자거리를 대표하는 랜드마크였다.

미쓰코시백화점 관계자를 만나는 자리에 김만철만 동행했다.

티토브 정과 드리트리 김은 박상미를 맞이하기 위한 준비를 하기로 했다.

사소한 문제라도 일어난다면 자칫 나라 간의 외교적인 문제로 번질 수 있었다.

미쓰코시백화점을 대표해서 나온 인물은 미쓰코시 본점 영업총괄매니저로 부장급이었다.

닉스의 대표인 내가 직접 오리라고는 생각지 못한 것 같았다.

러시아에서 급하게 미쓰코시백화점에 연락을 주었고 방문할 사람이 닉스 관계자라고만 했었다.

영업총괄매니저는 닉스 대표 명함과 함께 실제 내 모습을 보자 깜짝 놀라는 눈치였다.

그의 이름은 사사키 테츠오로 올해 서른아홉이었다.

"대표님이 오신다는 연락을 받지 못했습니다. 알아보지 못해 죄송합니다."

명함을 받아 든 사사키 테츠오는 일본 특유의 친절함으로 고개를 깊숙이 숙여 인사를 건넸다.

그는 처음 김만철을 닉스 대표로 착각하고 그에게 먼저 인사를 건넸다.

"아닙니다. 저희가 너무 급하게 연락을 드렸습니다."

"대표님이 젊으시다는 것은 들었지만 실제로 뵈니 정말 젊으십니다."

"예, 생각보다 일찍 사업을 시작하게 되었습니다."

"대단하십니다. 일본에서도 닉스와 마이클 조던과의 계약에 매우 놀라는 분위기입니다. 일본 스포츠 브랜드들도 생각하지 못한 일입니다."

일본에는 세계적으로 잘 알려진 2대 스포츠 제조용품업

체인 아식스와 미즈노가 있었다.

미즈노는 미즈노 형제가 1906년에 설립했고, 아식스는 1949년 오니츠카 기하치로가 자신의 고향인 고베에서 농구화를 제조하는 회사로 설립한 오니츠카타이거(Onitsuka Tiger)에서 출발했다.

현재 일본에서도 농구의 붐이 일고 있었다.

그 이유는 NBA의 농구 스타들의 멋진 경기 모습 때문이 아닌 일본 대표만화가 이노우에 타케히고가 그린 슬램덩크 때문이었다.

1990~1996년까지 일본 슈에이사의 만화잡지 '주간 소년점프' 에 연재된 농구 만화다.

우리나라에도 1992~1996년 소년챔프의 별책부록으로 연재됐는데 무대를 한국으로 옮겨 이름도 한국식으로 표기됐다.

만화 슬램덩크 덕분에 청소년층 사이에서 더한층 농구붐을 일으켰다.

"운이 좋았습니다. 미국에서 신생 브랜드인 닉스에 대해 호의적이었고 직접 마이클 조던이 경기에 신고 뛰면서 제품의 품질을 확인한 것이 주효했습니다."

미국에서 닉스가 디자인과 품질로 통한다는 것과 NBA의 톱스타인 마이클 조던이 인정했다는 것을 확실히 말해주고

싫었다.

"마이클 조던이 펄펄 날던 경기를 저도 TV로 보았습니다. 저 또한 농구를 무척이나 좋아합니다. 한국에서 닉스가 얼마나 인기인지 잘 알고 있습니다."

미쓰코시백화점 관계자인 사사키 테츠오가 농구를 좋아한다는 것은 닉스에게는 좋은 징조였다.

사실 미국이 가장 중요한 시장이었지만 나는 일본에서 닉스가 더욱 인기가 있었으면 하는 바람이었다.

일본인들은 아직 한국 제품에 대해 신뢰하지 않았다.

아직까지 그들이 바라보는 한국 제품에 대한 시선은 이류 국가에서 만든 저가제품이었다. 우리가 처음 중국 제품을 대할 때와 똑같았다.

대일본 수출 품목도 대다수가 완성된 공산품보다는 농수산물과 식품류, 섬유 그리고 철강 제품이 많았다.

더구나 1992년 들어서도 대일 무역적자가 심각했다.

미국에 수출하여 번 돈을 일본 제품을 수입하는 데 고스란히 내주고 있었다.

1991년 작년 한 해만 대일 무역적자가 90억 달러였다.

올해 들어 한국 정부는 섬유 제품과 신발류 등 16개 대일 수출 주종품목에 대한 일본 측의 관세율을 일본의 평균 관세율 수준으로 대폭 낮추도록 요구했다.

일본은 그에 대한 요구를 긍정적으로 검토 중이었고 2월 중으로 결정될 것으로 예상했다.

이러한 빠른 결정은 일본 내 자국 브랜드에 대한 자신감이었다.

닉스의 일본 진출에 유리한 조건들이 국내외로 형성되고 있었다.

미쓰코시백화점도 일본 정부의 방침에 발맞추어 닉스를 수입하려고 한 것이다.

"그렇게 봐주시니 고맙습니다. 미쓰코시에서 어느 정도의 수량을 생각하십니까?"

본격적으로 수출 물량에 대한 이야기를 꺼냈다.

"이곳 본점과 세 개의 지점에 공급할 수량으로 2만 켤레 정도면 충분하다고 생각합니다. 다음 달까지 가능하신지요?"

닉스에 대한 칭찬을 늘어놓았지만 사사키 테츠오가 말한 수량은 나의 예상보다 훨씬 적었다.

그가 바라보고 있는 닉스에 대한 평가는 일본인 대다수가 한국 상품을 대하는 현실과 다를 바 없었다.

더구나 닉스 단독 매장이 아니라 또 다른 한국 신발 브랜드와 함께 진열되어 판매되는 종합 매장이다.

만들어지는 매장 위치 또한 사람들에 시선을 끌 만한 곳이 아니었다.

신발 판매가 제대로 이루어지지 않으면 매장은 한시적으로 운영될 수도 있었다.

"시간은 충분할 것 같습니다. 어떤 제품들로 보내드릴까요?"

"한국에서 잘 팔리는 제품들로 보내주십시오."

"제품들 모두가 저마다 특징이 있어서 다 잘 팔립니다."

"하하하! 그런가요. 그럼 남녀 제품으로 구색에 맞추어서 보내주십시오."

내 말에 사사키 테츠오는 멋쩍은 웃음을 보이며 말했다.

"가격은 어느 정도로 생각하시나요?"

"한국 백화점에 공급하는 금액보다는 10% 정도 더 할인해서 주셨으면 합니다."

사사키가 말하는 할인율은 미국에 수출하는 금액보다도 낮은 수준이었다.

닉스가 일본 제품과 외국의 스포츠 브랜드에 경쟁하려면 일본 내 판매 상품 가격이 낮아야 한다는 생각에서 나온 제안이었다.

"그렇게는 힘듭니다."

나는 단호하게 거절했다.

"한국의 다른 회사 제품들은 18% 요구했습니다. 다들 저희의 요구를 수용했습니다. 닉스는 한국 내 인기와 마이클 조던과의 계약을 고려한 것입니다."

사사키 테츠오는 당연하다는 듯이 말했다.

"다른 곳이 그렇다고 해도 닉스는 안 됩니다. 그런 계약 조건이면 굳이 미쓰코시백화점에 입점할 이유가 없습니다. 현재 미국과 러시아 수출로도 공장에서 만들어내는 제품이 부족한 상황입니다."

"러시아에도 수출하고 있으십니까?"

사사키 테츠오는 전혀 몰랐다는 표정이었다.

"물론입니다. 또한 국내에 있는 다른 백화점들도 닉스의 입점을 위해서 관계자들이 저희 사무실에 매일 출근하다시피 합니다. 미쓰코시백화점에 입점을 고려한 것은 일본 진출에 대한 상징성 때문입니다. 사실 올해 미국 닉스 법인이 설립되기 때문에 굳이 일본 시장에 진출할 이유가 없습니다."

한마디로 국내와 미국에 대한 수출만 신경을 써도 바쁘다는 말이었다.

나의 말에 사사키 테츠오의 표정이 달라졌다.

그는 닉스의 대표인 내가 일본에 직접 방문한 것을 일본 시장 진출을 간절히 원하는 것으로 판단하고 있었다.

"그러면 대표님은 할인율을 어느 정도나 생각하십니까?"

"할인율은 전혀 고려하지 않고 있습니다. 국내에서 판매되는 금액에다 미쓰코시백화점의 이익을 붙이시면 됩니다."

"하하! 그러면 가격 경쟁력이 떨어져 판매가 제대로 이루어지지 않습니다. 대표님께서 일본 시장을 아직 모르셔서 그러는 것 같습니다."

"말씀하신 것처럼 아직은 일본 시장에 대해 잘 모릅니다. 하지만 세계적인 스포츠 브랜드들을 모두 꺾고 국내 1위를 차지한 닉스입니다. 미국에서도 닉스의 인기 또한 대단합니다. 저희가 작년 하반기에만 수출한 25만 켤레가 미국에서 모두 품절되었습니다. 이번 달까지 20만 켤레를 하루라도 빨리 보내 달라는 요청이 계속되고 있습니다."

내가 미국을 떠났을 때까지 수출된 닉스 신발 모두가 품절되지는 않았다. 다만 마이클 조던의 효과로 농구화만이 품절되는 사태가 일어났다.

하지만 일본에 도착하여 닉스 본사와 연락을 취하는 과정에서 다른 제품들도 거의 판매가 이루어졌다는 것을 보고받았다.

사사키 테츠오가 이러한 상황을 알 리 없었고 사실을 확인할 수도 없었다.

그에게 미국으로의 수출 물량까지 말해주자 표정이 바뀌

었다.

"그 정도였는지는 몰랐습니다. 하지만 그래도 한국에서의 판매 가격보다 높으면 판매에 문제가 될 수 있습니다."

"만약 판매가 제대로 이루어지지 않는 제품은 저희 회사가 전량 반품을 받겠습니다."

일본에서 판매되지 않은 제품을 다시 한국으로 가져오는 비용을 닉스가 부담하겠다는 말이었다.

사실 일본으로의 물류비용은 만만치가 않았다.

일본에서 닉스를 반드시 성공시키겠다는 각오이기도 했다.

미쓰코시백화점과의 계약은 나의 의사대로 성사되었다.

신발 재고가 발생할 때 모든 금전적인 손해는 닉스가 지기로 한 결과였다.

미쓰코시백화점으로서는 전혀 손해날 게 없었다. 팔리지 않은 신발을 무조건 반품할 수 있었다.

대신 매장의 위치를 너무 구석지지 않는 곳에 설치를 부탁했다.

영업총괄매니저인 사사키 테츠오는 바로 답을 주지는 않았지만 긍정적으로 검토하겠다는 말을 남겼다.

미쓰코시백화점에서 적어도 나이키나 아디다스가 쓰고

있는 매장 위치는 돼야만 했다.

매장을 함께 쓰게 되는 한국 브랜드는 국제상사의 프로스펙스와 화승의 르까프, 그리고 코오롱상사의 액티브였다.

세 회사의 관계자들도 미쓰코시백화점과의 계약을 위해 도쿄에 머물고 있었다.

미쓰코시백화점 판매장에 앞으로 진열되는 각 회사의 신발 위치와 직원 배치 등과 관련되어 세 회사의 관계자들도 만나야만 했다.

다행히도 오늘 세 회사의 관계자들과 미쓰코시백화점 관계자들의 저녁 약속이 잡혀 있었다.

나 또한 그 자리에 참석하기로 했다.

이제 다시 한국으로 돌아가면 그들을 만날 시간적인 여유가 도저히 없기 때문이다.

한국에 도착하는 즉시 러시아 소빈뱅크(Sobin Bank)와 룩오일(Lukoil)에 관한 인수 작업에 곧바로 착수해야만 했다.

*   *   *

저녁 7시 긴자거리에 위치한 일식집에서 관계자들이 모였다.

국제상사와 화승은 이사급 인사가, 코오롱상사는 부장급 인물이 도쿄에 와 있었다.

그들 모두가 미쓰코시백화점에 진출한 것을 고무적인 일로 받아들였다.

하지만 나는 그것이 보여주기식으로만 끝나선 안 된다는 생각을 하고 있었다.

일본에서도 한국 신발 브랜드가 통한다는 것을 확실히 보여주고 싶었다.

사실 국내 신발 브랜드가 자체 상표 제품을 가지고 유럽과 미국, 그리고 일본에 진출한 예가 별로 없었다.

리복과 나이키, 아디다스 등 세계 최고 수준의 운동화를 생산하여 공급해 주는 우리나라인데도 프로스펙스, 르까프 등 자체 상표 제품의 해외 진출이 극도로 제한적이었다.

나는 조용히 세 회사의 견해를 들어보기로 했다.

미쓰코시백화점의 사사키 테츠오에게 내가 닉스의 대표라는 사실을 알리지 말아달라고 사전에 부탁했다.

단지 닉스 회사의 관계자로 자리에 참석한 걸로 되었다.

미쓰코시백화점 관계자들은 한국 매장과 관련된 회의가 길어지는지 아직 도착하지 않았다.

한국의 관계자들이 먼저 간단하게 맥주를 마시게 되었다.

"닉스가 국내에서 잘나가는 건 알겠는데, 이번 마이클 조던과의 계약은 너무 무리한 선택인 것 같습니다. 괜히 남좋은 일만 해주는 것이 아닌지 모르겠습니다."

프로스펙스의 해외 영업담당 최종원 이사가 맥주잔을 들며 말을 이었다.

"맞습니다. 마이클 조던과의 계약 금액이 정확하게 얼마인지는 모르겠지만, 신문에 난 금액만 천만 달러가 넘는다고 하던데. 국내에서 벌어들인 이익을 마이클 조던에게 안겨주는 것 아닐까요. 강 과장은 어떻게 생각합니까?"

옆에 앉아 있는 르까프의 김덕현 판매이사가 나에게 물었다.

나는 이들에게 영업과장이라고 소개했다.

두 사람은 국내에서 발생하는 닉스의 이익금 모두를 마이클 조던에게 갖다 바치는 걸로 받아들였다.

"그건 아니라고 봅니다. 세계적인 스포츠 스타와 계약을 맺기가 쉽지 않은 상황에서 이루어낸 계약입니다. 그 이상의 이점이 있을 수 있지 않겠습니까?"

신발 분야에 경험이 풍부한 그에게 되물었다.

"허허! 젊은 분이라서 그런지 아직 경험이 부족한 것 같습니다. 차라리 그 돈으로 생산 공장을 증설해서 1~2년 바짝 당겨야지요. 잘나갈 때는 말입니다. 최대한 돈을 긁어모아야 합니다. 닉스가 그걸 모르는 것 같아."

새롭게 도약을 모색하고 있는 프로스펙스의 핵심담당자 입에서 나온 말은 너무 근시안적인 대답이었다.

"저도 최 이사님의 말에 동조합니다. 이런 말을 해서 그렇지만 너무 갑작스럽게 닉스가 컸어요. 시장의 반응을 수용하고 대처할 능력을 갖추기도 전에 말이지."

김덕현이 최종원의 말에 맞장구를 치며 말했다.

두 사람은 안면이 있는 관계였다.

자기 회사도 아닌 닉스에 대해 감 내놔라, 배 내놔라 하는 것이 좀 우스웠다.

그들은 닉스의 돌풍이 몇 년 안에 사그라질 것으로 보았다.

"그래도 능력이 되니까 그렇게 하는 것입니다. 국내에서 나이키를 2등으로 끌어내린 일은 저희도 못한 일이 아닙니까?"

내 앞에 마주앉아 있는 사람은 코오롱상사에서 액티브 해외영업팀을 이끌고 있는 김석중 부장이었다.

코오롱상사의 액티브는 주로 멕시코를 비롯한 중남미와 알제리, 모로코, 튀니지, 리비아 등 북부 아프리카에 대상으로 자체 상표인 액티브를 수출하고 있었다.

하지만 핵심 지역인 유럽과 미국에서의 반응은 신통치가

않았다.

그러한 점은 프로스펙스나 르까프도 마찬가지였다.

"일시적인 인기예요. 우리도 정부와 마찰 없었다면 나이키보다 훨씬 잘나갈 수 있었어요."

프로스펙스의 최종원 이사의 말이었다.

그의 말처럼 국제상사는 5공 시절 정부와 마찰로 큰 시련을 겪었다.

"제가 볼 때는 일시적이 아닐 것 같습니다. 나오는 신발들을 한번 살펴보십시오. 디자인적인 부분이나 기술적인 부분에서 솔직히 우리 회사는 따라갈 수 없는 제품들이었습니다."

김석중 부장은 닉스를 정확하게 평가하고 있었다.

"괜찮은 신발 몇 개로는 힘들어요. 시장에서의 싸움은 이제부터입니다. 동대문에 한번 나가 봐요. 이미 닉스에서 만든 신발을 모방한 짝퉁이 죄다 깔렸어요. 예전에 우리도 그랜드슬램 테니스화가 잘나가니까 짝퉁이 얼마나 심했는지, 그때 회사의 손해가 장난이 아니었습니다."

프로스펙스의 그랜드슬램 테니스화의 인기는 대단했었다.

1984년부터 1991년까지 국내 최초로 신발의 단일 판매로 200만 켤레가 팔려 나갔다.

하지만 그 이후로 나온 신발들이 성공하지 못해 그 명성을 이어가지 못했다.

최종원의 말처럼 닉스의 신발들이 인기를 끌자 동대문과 남대문에서 짝퉁 제품이 넘쳐났다.

그러나 닉스 신발을 모방 제품들은 한계가 있었다. 조금만 살펴보아도 금세 짝퉁인지 알아볼 수 있었다.

최신 공정과 신기술이 적용되어 만들고 있는 닉스의 신발들을 영세업체에서 똑같이 만들 수는 없었다.

하지만 가격이 저렴한 덕분에 국민(초등)학생을 둔 부모와 중학생들이 많이 구매했다.

"저희도 그 점에 고심해서 가짜를 구별할 수 있는 장치를 신발 곳곳에 심어놓았습니다."

"하하하! 그게 통한다고 생각합니까? 스포츠화가 명품처럼 보일 필요는 없습니다. 그러면 시간과 제작 비용만 더 들어가게 되잖아요. 소비자는 그러한 점을 전혀 생각지도 않습니다."

최종원은 내 말에 웃으면서 말했다.

그의 말처럼 짝퉁 신발과 구별하기 위하여 여러 가지 소소한 처리 때문에 하루 생산량이 다른 회사보다 적었다.

하지만 그 점이 닉스의 인기에 한몫했다.

"우리 회사는 언젠가 명품과 비교해서 전혀 뒤지지 않는 제품을 만들어 내려고 합니다. 충분한 값어치를 할 수 있는 고부가가치의 신발을 말입니다."

내 말에 웃음을 보이지 않는 사람은 코오롱상사의 김석중 부장뿐이었다.

국제상사와 화승의 두 사람은 내 말이 엉뚱한 소리처럼 들리는지 크게 웃었다.

"하하하! 아직 젊어서 그런지 패기는 있으십니다. 자, 이제 신발이야기는 그만하고 술이나 마십시다."

"그러시죠. 하여간 잘해보라고요."

김덕현과 최종원은 잔에 채워진 맥주를 마셨다.

그때 기다리던 미쓰코시백화점 관계자가 도착했다.

"기다리게 해서 정말 미안합니다. 본점을 책임지고 계시는 카즈키 마모루 이사님과 동행하기 위해 늦었습니다."

사사키 테츠오의 말에 뒤쪽에서 말쑥한 양복 차림의 사내가 인사를 건넸다.

"본의 아니게 기다리게 해서 죄송합니다. 본점을 맡고 있는 카즈키 마모루라고 합니다."

그는 미쓰코시백화점의 차기 대표로 거론되고 있는 인물이었다.

카즈키 마모루는 한국에 백화점을 세우려고 준비하고 있었다.

＊　　　＊　　　＊

쾅!

탁자를 내려치는 소리에 앞에 있는 사내들이 움찔했다.

"다들 죽고 싶어?! 박상미를 찾아서 데려오지 않으면 나를 비롯한 너희 모두가 죽는다."

소리를 지른 사내의 표정은 일그러져 있었다.

평양에서 하루가 멀다고 내려오는 독촉에 이미 심신이 지쳐 있었다.

러시아에 거주하는 정찰·정보일꾼(공작원과 첩보원)들을 총동원했지만, 박상미는 하늘로 솟았는지 땅속으로 꺼졌는지 찾을 수가 없었다.

사내의 이름 리철한으로 대좌(대령)계급이었다. 정보 분야에서 잔뼈가 굵은 인물로 나이는 마흔이었다.

그는 실패한 작전을 마무리 짓기 위해 모스크바에 급하게 파견된 상태였다.

"이미 모스크바를 빠져나간 것 아닐까요?"

리철한의 질책을 받고 있던 인물 중 하나가 조심스럽게 말을 뱉었다.

"최 동무, 그 말에 책임질 수 있겠어?"

"박상미가 머물던 호텔을 포함에서 10㎞ 이내를 샅샅이 뒤졌습니다. 모스크바에 머물 수 있는 호텔과 여관도 함께 말입니다. 분명 우리가 아니더라도 어디 하나에는 포착되어야 하는데, 그게 이상합니다."

러시아에 머물고 있는 인민무력부 정찰국과 노동당 작전부, 해외공작기관인 35호실의 모든 인물이 동원되어 밤낮을 가리지 않고 조사했다.

북한대사관에 근무하는 인물들까지 동원되었다.

그의 말처럼 각국의 정보기관에서도 박상미를 찾고 있지만 발견되지 않고 있었다.

"모스크바공항과 철도역, 그리고 주요 도로까지 감시하고 있는데, 박상미가 나간 흔적이라도 발견하고 말하는 거야?"

"대좌 동지, 저희는 모스크바를 벗어나는 개인 차량들과 화물열차는 감시할 수 없습니다."

정찰국 소속 인물의 말에 리철한의 눈이 반짝였다.

"잠깐만, 모스크바에 화물열차가 드나드는 역이 몇 개나 되지?"

리철한의 물음에 벽에 걸린 지도를 보며 작전부 인물이 대답했다.

"이곳하고 여기 두 군데와 마지막으로 이 역이 화물을 운송하는 주요 기차역입니다."

작전부 인물이 가리킨 곳은 벨라주시역과 칸잔역, 키예프역, 그리고 레닌그라드역이었다.

철도의 중심지인 모스크바에는 9개의 대규모 역이 있다.

각각의 역마다 북한뿐만 아니라 각국의 감시자들이 박상미를 찾기 위해 상주하고 있었다.

재미있는 것은 모스크바에는 모스크바역이 없다는 것이다.

모스크바에 있는 주요 기차역은 그 이름이 종착역 기준으로 되어 있다.

목적지 명이 그 기차역의 이름이다.

리철한은 지도를 보며 각 역에서 뻗어 나가는 지역을 살폈다.

흔적도 없이 사라진 박상미가 만약 모스크바를 떠났다면 분명 기차를 통했을 것이라는 생각이 들었다.

감시가 철저한 비행기로는 탈출이 힘들었다.

도로망이 열악하고 감시초소들이 곳곳에 자리 잡고 있는 도로 또한 발각될 염려가 있었다.

"만약 모스크바를 벗어났다고 가정했을 때, 다른 지역으로 떠나기 위해서는 어디가 가장 좋을 것 같아?"

리철한은 화물열차를 입에 올린 정찰국 소속 인물에게 물었다.

"저 같으면 모스크바에서 가장 멀리 떨어진 곳으로 가겠습니다. 감시망도 소홀하고 기회를 봐서 외국으로 나갈 수도 있는 곳으로 말입니다."

그의 말에 리철한은 고심하며 지도를 바라보았고, 작전부 인물이 말한 역들을 하나씩 지워 나갔다. 그리고 마지막으로 남은 역은 카잔역이었다.

카잔역은 중앙아시아와 시베리아 방면으로 출발하는 발착역으로 로스토프, 카잔, 볼고그라드, 중앙아시아, 시베리아 그리고 블라디보스토크로 이어지는 역이었다.

리철한은 카잔역과 연결된 지역들을 유심히 살폈다.

"맞는 말이야. 박상미가 모스크바에 있는지 없는지 모르는 상황에서 무작정 기다리고 있을 수 없으니까. 강 동무가 지금 당장 작전부 정찰일꾼들을 데리고 이곳으로 가서 박상미를 한번 찾아보라우."

리철한이 손에 쥔 지휘봉이 최종적으로 가리킨 곳은 블라디보스토크였다.

Chapter 14

술자리는 화기애애한 분위기였다.

일본 진출을 기뻐하는 세 회사의 관계자들은 미쓰코시 본점 책임자인 카즈키 마모루와 친분을 맺기 위해 노력하는 것이 보였다.

나는 잠시 화장실을 가기 위해 자리에서 일어났다.

볼일을 보고 나왔을 때, 뜻밖에도 카즈키 마모루가 밖에서 나를 기다리고 있었다.

"잠시 저와 이야기를 나누실 수 있을까요?"

'무슨 일이지?'

그가 날 기다렸다는 것이 의아했다.

"예, 알겠습니다."

"저쪽으로 가시죠."

그가 안내한 곳은 일식집 뒤편에 마련되어 있는 일본식 정원이었다.

"닉스의 대표님이라고 사사키 매니저에게 들었습니다."

"아, 예. 제가 닉스를 맡고 있습니다."

"제가 따로 대표님을 뵙자고 한 것은 닉스를 종합 매장 형태가 아닌 단독 매장으로 가지고 갈까 합니다."

카즈키 마모루의 입에서 생각지도 못한 말이 나왔다.

"단독 매장이라고 하시면 다른 회사와 별도로 매장을 낸다는 말씀입니까?"

나는 다시 한 번 확인하듯 물었다.

"예, 대신 저를 좀 도와주십시오."

"그게 무슨 말씀이신지요?"

"저희가 서울에 미쓰코시지점을 개설하려고 준비 중입니다. 시장조사 차원에서 한국 내에서 조달할 수 있는 물품을 알아봤습니다. 조사 과정에서 닉스의 인기가 대단하다는 것을 알게 되었습니다. 미쓰코시 서울지점에 닉스를 입점해 주시면 일본 미쓰코시 본점과 다른 지점에도 닉스 단독 매장을 개설해 드리겠습니다."

카즈키 마모루는 생각지도 못한 제안을 해왔다.

미쓰코시 서울지점은 국내 백화점들과 차별적으로 전 세계에서 생산되는 고급 제품과 이름 있는 명품 위주로 매장을 꾸미려고 계획하고 있었다.

한국이 88서울올림픽 이후 국내 소비 시장이 급속도로 커지고 있는 것에 초점을 맞췄다.

미쓰코시백화점의 원래 계획은 러시아에 모스크바지점을 개설할 생각이었다.

하지만 군사쿠데타 이후 계속된 정국 불안과 경제 침체로 인해 계획을 수정할 수밖에 없었다.

"미처 생각지도 못한 제안을 해오셔서 바로 말씀드리기 어려웠습니다. 솔직히 닉스 신발의 생산량이 한정되어 있어서 힘에 부칠 수도 있습니다. 그런데 언제쯤 서울지점을 개설할 예정이십니까?"

"올해 말을 예상하고 있습니다. 새롭게 건물을 짓기보다는 임차를 생각하고 있습니다."

"실례가 안 된다면 어느 지역을 생각하시고 계시는지요?"

"아직 결정된 상황은 아니지만 미도파백화점과 협상 중입니다만 명동에 있는 미도파 본점을 대여하려고 합니다."

카즈키 마모루의 입에서 놀라운 말이 나왔다.

미도파백화점은 현재 롯데와 신세계에 밀려 고전 중이었다.

신세계는 영플라자가 성공하여 젊은 층의 쇼핑 공간으로 자리를 잡았다.

롯데백화점 또한 신세계에 대항하기 위해 명동 본점의 리모델링과 함께 신규 투자로 새롭게 만든 영마켓의 오픈을 앞두고 있었다.

하지만 미도파는 신규 투자를 할 여력이 없었다.

미도파백화점의 명동점과 청량리점에 이어 3호점인 상계점 공사가 한창 진행 중이었다.

미도파는 명동에서의 싸움보다는 틈새 지역의 상권을 노리는 전략으로 서울 동북부 상권을 노린 것이다.

현재 짓고 있는 미도파 상계점은 상계동과 중계, 그리고 하계동의 대단위 아파트단지를 공략할 목적이었다.

미도파 상계점이 완공되면 동일 상권 안에 미도파백화점에 맞설 만한 점포는 없었다.

문제는 명동 본점이 신세계백화점과 롯데백화점의 대규모 투자에 힘을 못 쓰고 있다는 점이었다.

더구나 짓고 있는 상계점이 생각보다 많은 공사비로 인해 자금이 부족한 상황이었다.

"그러면 미도파백화점과 합작을 하신다는 말입니까?"

"합작 개념이 될 수도 있습니다. 저희 미쓰코시백화점 단독 이름을 쓰기에는 아직은 한국민의 정서에 맞지 않아 거부감이 들 수 있으니까요."

한국의 일본에 대한 적대감은 90년대에도 변함없었다.

그의 말처럼 미쓰코시라는 이름을 단독으로 걸기에는 부담이 될 수 있었다.

미쓰코시미도파나 미도파미쓰코시가 될 것이다.

하지만 일본에서 만들어지는 제품들은 국내에 큰 인기를 얻고 있었다.

"여기서는 확답을 할 수가 없겠습니다. 신발 생산량을 점검해서 바로 알려드리겠습니다."

"잘 부탁하겠습니다. 미쓰코시에서는 한국지점이 성공하면 해외지점을 계속 추진할 계획입니다."

"알겠습니다. 적극적으로 검토해서 좋은 답을 드리겠습니다."

미쓰코시백화점과 좋은 관계를 맺는다면 닉스에서 만든 신발뿐만 아니라 블루오션에서 무선호출기와 앞으로 만들어지게 되는 핸드폰을 일본에 공급할 수 있었다.

아직 중국 시장이 개방되지 않은 때였기에 일본은 아시아에서 가장 큰 시장이라 할 수 있었다.

우리는 다시 식사 자리로 돌아갔다.

카즈키 마모루가 제안한 조건은 나쁘지 않았다.

닉스 단독 매장을 설치할 수 있다면 인테리어도 국내에

서 활용된 부분을 적용할 수 있었다.

천편일률적으로 똑같은 판매장 분위기로는 일본인들의 이목을 끌 수 없었다.

조만간 마이클 조던이 출현하는 TV 광고와 포스터를 촬영할 계획이다.

마이클 조던을 앞세운다면 미국과 일본을 충분히 점령할 수 있었다.

나는 또한 일본 시장의 공략을 위해 이노우에 타케히고의 슬램덩크를 닉스의 비밀병기로 삼을 생각이었다.

저녁 식사를 마치고 한국 관계자들끼리 술자리를 가졌지만 나는 일을 핑계로 참석하지 않았다.

앞으로 진행해야 나가야 할 무수한 일을 위해서는 많은 사람이 필요했다.

문제는 도시락에서 겪었던 것처럼 믿고 일을 맡길 사람이 많지 않다는 것이다.

사업이 커지고 일이 많아질수록 사람의 중요성이 절실해졌다.

*　　　*　　　*

모스크바에 차려진 두원물산(안기부)의 모스크바지부가

바빠졌다.

감시하던 북한 공작대 일부가 급하게 움직이는 것이 포착된 것이다.

"모스크바공항으로 향하고 있습니다."

보고를 하는 인물은 삼정실업에서 파견된 이중환 대리였다.

─공항에는 왜?

보고를 받은 인물은 모스크바지부 책임자인 최종원 차장이었다.

"아직 정확하게 모르겠습니다. 계속 따라붙을까요?"

─공항에 대기하고 있는 정 대리하고 함께 따라붙어. 뭔가 느낌이 찝찝해.

"알겠습니다. 다시 연락드리겠습니다."

이중환은 신호에 대기 중인 북한 차량 뒤로 자연스럽게 접근했다.

이중환의 보고대로 북한 공작대가 타고 있는 차량은 공항이 최종 목적지였다.

차에서 내린 인원은 모두 다섯 명이었다.

그들은 블라디보스토크행 비행기 티켓을 끊었다.

*   *   *

시베리아횡단 열차에 올라탄 박상미는 특별한 일이 발행하지 않았다.

동행하고 있는 율리나와 함께 마치 여행을 하는 기분이었다.

기차에 올라탄 이후부터 오랜만에 잠을 편하게 잘 수 있었다.

모스크바에 머무는 내내 불면증에 시달릴 정도로 잠을 이룰 수가 없었다.

함께했던 김종민이 메트로폴 호텔에서 죽은 이후부터 그 정도 더 심해졌다.

하지만 이제 내일이면 한동안 자신을 괴롭혔던 지긋지긋한 불안과 악몽에서 벗어날 수 있었다.

기차의 최종 목적지인 블라디보스토크에 도착하기 때문이다.

백야로 인해 밤이 사라진 러시아의 벌판을 기차는 쉼 없이 달렸다.

오히려 새벽 시간까지 밝은 태양이 떠 있는 것이 좋았다.

"이젠 어두운 밤이 영원토록 사라졌으면……."

박상미는 창밖으로 펼쳐진 풍경을 바라보며 조용히 중얼거렸다.

　　　　*　　　*　　　*

　오랜만에 닉스의 한광민 소장과 통화를 했다.

　닉스 공장의 증설 문제 때문이었다.

　미쓰코시백화점의 국내 진출과 닉스가 일본으로 수출하게 되면 생산량이 문제였다.

　지금 간신히 국내에서 소비되는 물량과 미국 수출 물량을 맞추고 있었다.

　─문제는 숙련공이 부족하다는 거야. 다른 신발과 달리 닉스의 신발은 손이 많이 가거든.

　주문량이 많아지는 것은 반가운 일이다. 더구나 일본으로의 수출은 누구라도 반길 일이었다.

　한광민 소장도 닉스의 신발로 자존심 강한 일본 스포츠 브랜드들의 코를 납작하게 만들고 싶어 했다.

　"그럼 어떻게 하죠? 미쓰코시백화점의 제안도 나쁘지 않고 일본 진출 시기도 적절한데. 달리 방법이 없겠습니까?"

　─일본 내 매장은 언제쯤 설치하는데?

　"짧으면 2월 말이고 길면 3월 중순 정도입니다."

　─한 달 반에서 두 달 사이라. 이거 시간이 너무 촉박한데. 3만 켤레라고 했지만 요즘은 수량 빼기가 쉽지 않아서 말이야.

처음 미쓰코시백화점 관계자가 요구한 수량은 2만 켤레였다.

하지만 단독 매장으로 간다면 적어도 매달 3만 켤레는 준비해야만 했다.

한국에서처럼 단시간 내에 폭발적으로 판매량이 늘지는 않겠지만 적어도 3만 켤레 이상은 매달 충분히 팔 수 있는 자신감이 있었다.

"이전처럼 공장을 임대하면 어떻겠습니까?"

─요새 공장을 인도네시아나 동남아 쪽으로 다들 이전하고 있어. 공장 설비들도 함께 말이야. 그래서인지 쓸 만한 생산 설비를 갖춘 공장 찾기가 쉽지 않아졌어.

국내 인건비 상승으로 가격 경쟁력이 없어지자 동남아의 저렴한 인건비를 찾는 해외 바이어가 늘어났다.

그러자 국내의 신발 공장과 회사들이 동남아로의 진출이 늘고 있었다.

"새롭게 공장을 증설하려 해도 돈보다는 시간이 문제겠네요."

─시간도 문제고, 사람도 문제지. 하여간 방법을 찾아볼 테니까. 계속해서 일거리나 많이 만들어 와.

"알겠습니다. 그럼 소장님만 믿고 있겠습니다.

─알았어. 한데 언제 한국에 들어올 거야?

"이번 주 금요일 정도면 귀국할 수 있을 것 같습니다."

―그럼 그때 얼굴이나 좀 보자고.

"예, 미국법인 설립 건으로도 한 번 봐야 하니까요. 시간 비워놓겠습니다."

―알겠어. 그럼 수고하고 건강도 잘 챙겨.

"소장님도요."

한광민 소장과 전화를 끊고 나서 호텔 방에 걸려 있는 달력을 보았다.

근 한 달이 넘는 시간이 순식간에 지나가고 있었다.

미국과 러시아, 그리고 다시 일본으로 이어지는 바쁜 일정이었다.

한국으로 귀국한다 해도 여유롭게 보낼 시간이 없었다.

각 회사별로 추진하는 일이 너무 많았다.

블루오션은 퀄컴과의 계약과 연관된 일이, 닉스는 미국 법인설립과 일본 진출이, 그리고 도시락은 러시아 현지 공장 설립과 관련된 일이 줄줄이 기다리고 있었다.

거기에 더해진 것이 룩오일(Lukoil)과 소빈뱅크(Sobin Bank)의 일까지 한마디로 첩첩산중이었다.

러시아에서 벌이는 사업이라 국내에서 필요한 인재를 찾기가 쉽지 않았다. 러시아어를 어느 정도 구사할 줄 알아야 했다.

우선은 도시락 모스크바지사에 근무하는 빅토르 최를 통해서 그의 동창과 고려인들 중에서 필요한 인원을 알아보게 했다.

"후! 너무 빠르게 사업을 늘린 것이 아닌지 모르겠네."

세상 그 누구도 알지 못하는 미래를 알고 있다는 것 때문에 지금까지 올 수 있었다.

거기에 운과 능력 있는 사람들을 만난 덕분에 사업을 이끌어 갈 수 있었다.

하지만 문제는 지금부터였다.

처음 작게 시작했던 비전전자의 규모를 훨씬 벗어나 버렸다.

룩오일만 하더라도 실제 값어치는 5억 달러가 넘어서는 회사였고 전체 직원만 천여 명이 넘었다.

하지만 러시아의 국영기업들이 갖고 있는 방만한 경영과 비효율적인 생산 시스템 등 근본적인 문제를 해결하지 않는다면 이익을 낼 수 없었다.

룩오일에서 살려낼 수 없는 썩은 부위를 도려낸 후에는 그곳에 새살이 돋아나도록 처방을 해야만 했다.

그러기 위해서는 구조조정 이후에도 상당한 투자가 뒤따라야만 한다.

지속적인 사업 형태가 아닌 냉혹한 비즈니스로만 생각한

다면 값나가는 룩오일의 자산을 뚝 떼어내 팔아먹을 수도 있었다.

지금 당장에라도 룩오일의 자산을 팔면 투자한 금액의 2배 이상의 수익을 건질 수 있었다.

하지만 내가 러시아에서 벌이려는 사업은 단기간의 이익을 위해서가 아니었다.

장기적으로 석유 한 방울 나지 않는 대한민국을 위한 포석이다.

에너지원의 확보와 그에 대한 선투자는 미래의 첨단산업을 더욱 이끌어갈 수 있는 밑받침이었다.

나는 원유와 천연가스에만 머무르지 않을 생각이다.

앞으로 금과 은, 알루미늄, 구리를 비롯한 희토류까지 선점할 계획을 하고 있다.

희귀한 흙이라는 뜻의 희토류(稀土類)는 원자번호 57~71번인 란탄 계열 15개 원소와 스칸듐, 이트륨 등을 포함한 17개 원소를 하나로 묶어 부르는 이름이다.

하지만 실제로 희토류는 그 이름에 비해서는 상대적으로 지구상에 풍부하게 매장되어 있다.

희토류는 화학적으로 매우 안정하고, 건조한 공기에서도 잘 견디며, 열을 잘 전도하는 특징이 있으며 상대적으로 탁월한 화학적 · 전기적 · 자성적 · 발광적 성질을 가진다.

그 때문에 희토류는 하이브리드 자동차, 풍력발전, 태양열발전에 필요한 영구자석과 LCD 연마 광택제, 가전제품 모터 자석, 광학렌즈, 전기차 배터리 합금, LED·스마트폰 등의 제품을 생산할 때 쓰인다.

또한 CRT·형광램프 등의 형광체와 광섬유 등에 필수적일 뿐만 아니라 방사선 차폐 효과가 뛰어나기 때문에 원자로 제어제로도 널리 사용되고 있다.

앞으로 블루오션에서 만들어지는 제품에도 필수적으로 필요한 자원이었다.

나는 시베리아의 야쿠티아 공화국의 톰트로 희토류 광상(광물 매장층)을 알고 있었다.

그곳에는 약 1억 5,000만t의 희토류 함유 광석이 묻혀 있으며 세계에서 가장 규모가 크다. 한때 한국의 한 기업이 나서서 그 광산을 개발하려 했지만 계약이 성사되지 않았다.

그때에 그 기업은 계약 진행을 이용하여 주가를 띄었고, 여섯 번이나 연속해서 상한가에 올라섰다.

하지만 계약이 성사되지 않았다는 소식에 곧바로 열 번의 하한가를 기록했다.

그 결과 내가 그 회사 주식에 투자한 돈의 절반을 날리고 말았다.

아픈 경험을 갖게 해준 주식이었지만 그로 인해서 확실

히 러시아에서 희토류가 어디에 묻혀 있는지 알게 되었다.

*　　　*　　　*

밤 비행기를 타고 블라디보스토크에 도착한 북한 작전부의 강영훈은 피곤한 기색이 역력했다.

그와 동행한 인물들 또한 요 며칠 박상미를 찾기 위해 잠을 제대로 자지 못했다.

비행기에서 잠을 청하려고 했지만 좁고 불편한 좌석에다가 시베리아에서 폭풍을 만나 도저히 잠을 청할 수 없었다.

푸석해진 얼굴들을 한 채 강영훈을 비롯한 작전부 인물들은 시베리아횡단철도의 종착역인 블라디보스토크역으로 향했다.

박상미가 이곳에 있는지 없는지는 알 수 없었다. 솔직히 지푸라기라도 잡는 심정으로 날아온 것이다.

거대한 땅덩어리를 가지고 있는 러시아에서 몸을 숨긴 사람을 찾는다는 것은 모래 속에서 바늘 찾기와 같았다.

우선은 블라디보스토크역에서 내리는 탑승자 명단을 확보해야만 했다. 기차로 모스크바에서부터 블라디보스토크까지는 12일 정도가 소요된다.

모스크바에서 출발한 탑승자 명단만 확보할 수 있다면

박상미가 이곳으로 향했는지를 알 수 있을 것이다.

러시아에서 신분증이 없으면 기차를 이용할 수 없다.

분명 기차를 탔다면 북한 여권을 이용했을 것이다. 그러면 쉽게 박상미인지 확인할 수 있다.

"저놈들이 역으로 향하는 것 같은데."

작전부 인물들을 미행하고 있는 안기부의 이중환이 말했다.

이중환은 블라디보스토크 방문이 처음은 아니었다.

"정말 박상미를 찾은 거야, 뭐냐? 그러면 우리만으로 안 되잖아."

함께 움직이고 있는 정희철이 말했다.

두 사람은 빈자리가 남지 않았던 블라디보스토크행 비행기를 타기 위해서 적지 않은 돈을 공항 관계자에게 건네야 했다.

두 사람은 비행기 승무원이 이용하는 자리에 앉아서 이곳까지 온 것이다. 러시아에서는 뇌물로 안 되는 것이 없었다.

"한데 박상미를 잡으러 온 것치고는 인원이 너무 적잖아."

이중환의 말처럼 박상미가 이곳에 있다면 모든 인원이 움직이는 게 맞았다.

"하긴 모스크바에 모여 있는 놈만 수십 명인데, 고작 다섯 명만 움직였다는 게 좀 이상하긴 하네."

"따라가 보면 알겠지. 저놈들이 무엇 때문에 블라디보스토크까지 왔는지 말이야."

두 사람은 공항 밖에서 잡아 탄 택시로 작전부 인물이 타고 가는 차량을 뒤쫓았다.

*   *   *

앞으로 30분 후면 기차는 블라디보스토크역에 도착한다.

블라디보스토크 공항에서 일본으로 출발하는 비행기는 오후 3시 40분에 떠났다. 앞으로 5시간만 지나면 러시아를 떠날 수가 있다.

지금까지 모든 게 순조로웠다.

한동안 변덕스럽던 날씨조차 맑았고 오랜만에 따뜻한 햇볕까지 내리쬐고 있었다.앞으로 박상미라는 이름을 버리고 러시아 이름인 나쩨즈다로 살아야만 한다.

나쩨즈다는 희망이란 뜻이었다. 러시아의 많은 이름 중에서 그 뜻을 알고 나서 고른 이름이었다. 진정 그녀 자신에게는 희망이 꼭 필요했다.

"나쟈, 무슨 생각을 그렇게 해?"

나쟈는 나쩨즈다의 애칭이었다.

자신을 부르는 율리냐와는 어느새 마음을 터놓고 이야기할 수 있는 친구가 되었다. 서로 나이는 물론 성격도 비슷한 점이 많았고, 부모님이 모두 돌아가신 것까지 같았다.

열흘이 넘는 시간을 함께하는 동안 율리냐하고는 많은 이야기를 나누었고 서로에 대해 깊이 이해할 수 있게 되었다.

"이곳을 벗어날 수 있다는 게 정말 믿기지가 않아서."

"아직은 벗어난 게 아니잖아?"

"그렇긴 하지만 지금은 너무 편안한 기분이야. 이렇게 누군가의 감시 없이 여행한 것도 처음이었고."

박상미는 불의의 사고로 가족이 곁을 떠나간 후부터 혼자서 뭔가를 할 수 없었다. 뭐든지 공화국의 명령에 따라야 했다.

시베리아횡단 열차를 타고 오는 동안 박상미는 마음에 맞는 친구와 여행을 가는 것 같아 행복했다.

중간 역에 정착할 때마다 율리냐와 함께 그 지역의 음식들을 사 먹고는 역 주변을 돌아다녔다.

좋은 친구와 함께하는 것이 이처럼 행복하다는 것을 정말 오랜만에 느낄 수 있는 시간이었다.

"앞으로는 마음대로 실컷 할 수 있을 거야."

"율리냐와 계속 함께 있으면 좋겠다."

"일본에서 한 달은 함께 있을 텐데 뭘."

"후! 한 달은 너무 짧아. 적어도 몇 년은 되어야지."

박상미는 아쉬운 듯 짧은 한숨을 내쉬었다.

"후후! 그렇게 소원이면 강 대표님께 말씀드려 봐."

박상미의 말에 율리냐는 하얀 이를 드러내며 말했다.

"미안해서 어떻게 그런 말을 해. 이렇게까지 도와주시는 것도 너무 감사한데. 어쩔 수 없이 그 부분은 내가 포기해야겠다."

"내가 스페인으로 놀러 갈 테니까 좋은 곳에 자리 잘 잡고 있으라고."

"꼭 와야 해. 내가 멋지고 아름다운 집을 마련해 놓을 테니까 말이야."

"그래, 기대할게."

긴 시간을 빠르게 달려왔던 기차의 속도가 서서히 줄어들고 있었다.

*   *   *

북한 작전부 강영훈의 손에는 일주일 동안 블라디보스토크역에 도착한 승객 명단이 들려 있었다.

역장에게 미화 3백 달러를 건네고 얻은 명단이었다.

시베리아횡단 열차는 모스크바에서 블라디보스토크까지 12일 이상이 걸린다.

박상미가 메트로폴 호텔에서 사라진 날 열차를 탄다고

해도 삼 일 전에야 블라디보스토크에 도착할 수 있다.

"도둑놈들, 이깟 종이 쪼가리를 3백 달러나 받아 처먹다니."

모스크바에서 가져온 공작비의 절반이 명단을 사는 데 날아갔다. 강영훈은 동행한 인물들에게 명단을 나눠주며 살피기 시작했다.

"강 동무, 이거 잘못 짚은 같습니다."

손에 든 명단을 두 번이나 살핀 인물이 말했다.

"여기에도 이름이 없습니다."

"이런 쌍! 돈만 날렸잖아."

강영훈의 손에 들린 명단에도 박상미의 이름은 보이지 않았다.

"어떻게 할까요? 모스크바로 다시 돌아갈까요?"

짙은 선글라스를 쓰고 있는 인물이 물었다.

"모스크바로 돌아가도 특별한 방법이 없잖아. 내일모레 들어오는 기차가 있으니까. 그것까지 확인하고 나서 가든지 해야 안 카서."

그때였다.

모스크바에서 출발한 열차가 기차 플랫폼에 도착하고 있었다.

"혹시 모르니까 한번 확인해야겠지. 가보자우"

강영훈의 말에 네 명의 사내가 승객들이 나오는 출입구

쪽으로 향했다.

그 모습을 안기부의 두 인물이 지켜보고 있었다.

"뭔가 정보가 있었던 것 같은데, 모스크바에 연락해야 하는 것 아니야?"

이중환이 정희철을 바라보며 말했다.

"좀 더 지켜보자고. 연락을 취해도 당장 도움을 받을 수도 없잖아."

"하긴, 일이 생겨도 우리 두 사람이 해결해야 하니까. 안전장치는 풀어놨지?"

정희철이 이중환에게 물었다. 공항에서부터 뇌물을 써서 힘들게 권총을 가져왔다.

"이곳에 도착하자마자 풀어놨어. 난 저놈들에게 빨리 권총을 쏠 일이 생기길 바라고 있다고."

모스크바 메트로폴 호텔에서 사망한 두 명의 안기부 요원 중에 이중환의 동기가 있었다. 그가 이번 작전에 자원해서 모스크바에 온 이유도 거기 있었다.

다섯 명의 작전부 인물은 출입구에서 막 나오기 시작한 승객들을 유심히 살피기 시작했다.

기차에서 내린 박상미는 짙은 선글라스를 썼다.

머리를 짧게 자르고 염색을 했지만 미모의 얼굴이 눈에

띄었기 때문이다.

박상미와 율리나는 일반 여행자처럼 여행용 배낭을 어깨에 둘러메고 모자까지 눌러썼다.

천천히 기차 플랫폼을 지나서 승차권을 검사하는 곳까지 가는 순간이었다.

뭘 보았는지 박상미의 발걸음이 느려지더니 순간 그 자리에 얼어붙었다.

그녀의 행동이 이상하다는 것을 율리나가 알아차렸다.

"무슨 일이야?"

"기차로 돌아가야겠어. 여기 있으면 안 돼."

박상미는 뭔가에 겁먹은 듯 불안한 모습으로 기차가 있는 쪽으로 되돌아가려고 했다. 그녀는 개찰구 밖으로 나오는 사람들을 살피고 있는 작전부의 인물을 알아본 것이다.

"침착하게 행동하면 돼. 널 알아보지 못할 거야."

율리냐의 말에도 박상미는 아랑곳하지 않고 뒷걸음질을 쳤다. 이러한 박상미의 겁먹은 모습이 개찰구에서 사람들을 살펴보던 작전부 인물의 눈에 들어왔다.

"저기, 저 애미나이가 좀 이상하지 않습니까?"

작전부의 한 인물이 박상미를 손으로 가리키며 말했다. 그의 말에 강영훈이 박상미의 행동을 살폈다.

그는 박상미를 잘 알고 있었다.

공작원이 되기 위한 훈련 과정에서 박상미가 속해 있었던 훈련원들을 일주일간 가르쳤었다.

다섯 명의 작전부 인물 중에도 강영훈을 비롯하여 한 명 더 그녀와 안면이 있었다.

"잡으라우! 박상미가 맞아!"

강영훈의 말에 작전부의 인물들은 쏜살같이 개찰구를 넘었다. 역무원의 제지에도 아랑곳하지 않고 박상미가 있는 쪽으로 빠르게 달렸다.

박상미를 공화국으로 데려가야지만 자신들의 목숨이 온전할 수 있었다.

"이런! 여기까지 와서."

율리냐는 뒤쪽으로 달아나는 박상미를 곧장 따라가지 않았다. 사람들의 시선을 피해 슬그머니 옆으로 벗어나 박상미가 향한 곳으로 움직였다.

그때 율리냐와 함께 움직인 두 명의 러시아인이 있었다.

만약의 사태를 대비해서 동행시킨 코사크보안회사에 속한 보안요원들이었다. 그들 또한 들고 있던 가방에서 뭔가를 꺼내며 박상미가 달려간 곳으로 향했다.

"놈들이 뭔가 발견한 것 같다."

작전부 인물들의 행동을 살피던 이중환이 말했다.

"설마 박상미가 이곳에 있었던 거야?"

정희철이 놀라 물었다.

"확인해 봐야겠어."

"우리 둘이서 힘들지 않을까?"

"놈들에게 복수할 기회라고. 만약 박상미를 발견한 것이라면 신병을 확보해야 하잖아."

정희철의 말에 이중환은 권총을 꺼내 들며 말했다.

"시발! 설마 여기가 죽을 자리는 아니겠지?"

정희철 또한 권총을 손에 쥐었다.

"놈들이 박상미를 발견했으면 그쪽에 정신이 쏠릴 때 기습하는 거야. 저놈들은 우리의 존재를 모르고 있으니까 충분히 승산이 있어."

이중환은 확신하듯이 말했다. 그의 눈은 이미 친구의 복수에 불타고 있었다.

"알았어. 이번 일로 올해 진급 좀 하겠네."

말을 마친 정희철이 빠르게 작전부 인물들이 향한 곳으로 달렸다.

그 뒤를 이중환이 빠르게 따라붙었다.

박상미는 무작정 뒤쪽으로 달렸다. 그리고 그녀는 플랫폼에 정차된 기차에 무작정 올랐다.

박상미의 뒤를 빠르게 따라온 작전부 인물들도 그녀를

쫓아 멈춰 서 있는 기차에 올라탔다.

＊　　　＊　　　＊

일본에서의 일은 마무리되어 갔다.

박상미가 무사히 일본에 도착하면 내일이라도 당장 한국으로 귀국해야 하는 상황이었다.

전화로 회사들의 업무 진행 상황을 보고받았지만 내가 직접 보고 결정해야 할 것이 많아졌다.

나는 박상미가 건네준 립스틱을 만지며 생각에 잠겼다.

손에 쥐고 있는 립스틱 안에는 핵폭탄 제조 설계도와 함께 핵을 실을 수 있는 탄도미사일 설계도가 들어 있었다.

만약 이 마이크로필름을 한국 정부에 건넨다면 한국은 곧바로 핵미사일을 가진 나라가 될 수 있었다.

전 세계 나라 중에서 몇 년 안으로 핵폭탄을 제조할 수 있는 능력을 갖춘 몇몇 나라는 있었지만, 핵을 탑재해서 수천 킬로미터 떨어진 적국에 날려 보낼 기술력을 갖춘 나라는 아직은 없었다.

현재 핵폭탄을 가지고 있는 나라 중에서도 대륙간탄도미사일을 소유한 나라는 미국, 영국, 러시아, 프랑스, 중국 정도였다. 나머지 나라는 대포와 비행기를 통해서 투발(投發)

할 수 있었다.

현재 미사일에 관한 기술력도 한국은 북한에 뒤지고 있었다.

"이걸 넘겨야 하나?"

매일매일 생각이 바뀌었다.

만약 한국이 전략핵무기를 가지게 된다면 미군에 대한 의존도와 북한의 군사 위협에서 벗어날 수 있다. 하지만 자칫 동북아의 균형이 일시에 무너질 수도 있었다.

그때였다.

호텔 방에 설치된 전화벨이 요란하게 울렸다.

"여보세요?"

―배달 실패.

딸각!

단 한마디를 남기고 전화는 끊어졌다.

『변혁 1990』 13권에 계속…

현대 소환술사

THE MODERN SUMMONER

FUSION FANTASTIC STORY

현윤 퓨전 판타지 소설

하늘이 무너져도 솟아날 구멍은 있다!

드래곤의 실험으로 모진 고난을 겪어야 했던 레비로식.
우여곡절 끝에 소환술사가 되어 최강의 자리에 오르지만
운명은 그를 나락으로 떨어뜨린다.

『현대 소환술사』

다시 한 번 주어진 삶!
그러나 그마저도 암울하기 그지없는데…….

소환술사 레비로스의
인생 역전이 시작된다!

Book Publishing CHUNGEORAM

FUSION FANTASTIC STORY

미더라 장편 소설

ODD LAWYER

Devil's Balance

괴짜 변호사
악마의 저울

『즐거운 인생』 미더라 작가의
2015년 대작!

현직 변호사, 형사, 프로파일러, 범죄심리학 전문가 자문으로
현장의 생생함을 그대로 담아낸 현대 판타지!

『괴짜 변호사 : 악마의 저울』

"제가 왜 한 번도 패소한 적이 없는 줄 아십니까?"

"……"

"저는 법으로만 싸우지 않거든요."

법의 칼날 위에서 춤추는 자들과의
치열한 공방이 펼쳐진다!

Book Publishing CHUNGEORAM

유행이 아닌 자유추구 -
WWW.chungeoram.com

FUSION FANTASTIC STORY

미더라 장편 소설

ODD LAWER

Devil's Balance

괴짜 변호사
악마의 저울

『즐거운 인생』 미더라 작가의
2015년 대작!

현직 변호사, 형사, 프로파일러, 범죄심리학 전문가 자문으로
현장의 생생함을 그대로 담아낸 현대 판타지!

『괴짜 변호사 : 악마의 저울』

"제가 왜 한 번도 패소한 적이 없는 줄 아십니까?"

"……"

"저는 법으로만 싸우지 않거든요."

법의 칼날 위에서 춤추는 자들과의
치열한 공방이 펼쳐진다!

Book Publishing CHUNGEORAM

유행이 아닌 자유추구 -
WWW.chungeoram.com

우각 新무협 판타지 소설

FANTASTIC ORIENTAL HEROES

북검전기

2014년의 대미를 장식할,
작가 우각의 신작!

『십전제』, 『환영무인』, 『파멸왕』…
그리고,

『북검전기』

무협, 그 극한의 재미를 돌파했다.

북천문의 마지막 후예, 진무원.
무너진 하늘 아래 홀로 서고, 거친 바람 아래 몸을 숨였다.

살기 위해! 철저히 자신을 숨기고
약하기에! 잃을 수밖에 없었다.

심장이 두근거리는 강렬한 무(武)!
그 걷잡을 수 없는 마력이,
북검의 손 아래 펼쳐진다!

Book Publishing CHUNGEORAM

유행이 아닌 자유추구 -
WWW.chungeoram.com